庫

疑　惑

松本清張

文藝春秋

目次

疑惑　5
不運な名前　119
解説　白井佳夫　245

疑惑

1

十月の初めであった。北陸の秋は早くくるが、紅葉まではまだ間がある。越中と信《しな》濃《の》とを分ける立山連峰のいちばん高い山頂に新しい雪がひろがっているのをT市から見ることができた。T市は県庁の所在地である。

北陸日日新聞の社会部記者秋谷茂一は、市立総合病院に入院している親戚の者を見舞ったあと、五階の病棟からエレベーターで降りた。一階は広いロビーで、受付や薬局の窓口があり、長椅子が夥《おびただ》しくならぶ待合室になっていた。そこには薬をうけとる外来患者などがいつもいっぱいに腰かけていた。名前を呼ばれるまでの無聊《ぶりょう》の時間を、横に据えつけたテレビを見たりしていた。

ロビーから玄関の出口に歩きかけた秋谷の太い黒縁眼鏡の奥にある瞳が、その待合室の長椅子の中ほどにいる白髪の頭にとまった。頸《くび》が長く、瘠《や》せた肩が特徴で、うしろから見ても弁護士の原山正雄とわかった。原山はうなだれて本を読んでいた。

秋谷は眼鏡を鼻の上にずり上げ、小肥りのまるい身体を斜めにして長椅子の間に入らせ、原山の細い肩を軽くつついた。

弁護士が本から上げた顔に、秋谷はにっこりして軽く頭をさげた。顔がまるく、鼻が低いので、その笑いには愛嬌があった。

「先生、どこかおぐあいがよくないのですか」

「いや、ちょっとね」

原山は苦笑で返した。

「秋谷君、きみもどこか悪いのですか」

「いえ、ぼくはなんともありません」

「そうだろう、その頑丈な身体ではね」

「入院している親類を見舞っての帰りです。すると、ここで先生のお姿をひょいとお見かけしたものですから。……先生、まだ時間がかかりそうですか」

「薬が出るのを待っているんでね。何か……？」

「ちょっとお話をうかがいたいことがあるんですが」

秋谷はまわりの人を気にするように声を落して云った。

原山は浅くうなずいたが、気のりのしない表情だった。秋谷はそれを見て、さっとそこを離れ、最後列の長椅子のうしろに立ってテレビを眺めていた。

原山は薬局で名前をよばれて窓口に行き、金額の伝票をもらって次の会計課の窓口に移って金を支払い、伝票に入金の判コを捺《お》してもらい、再び薬局の窓口に行ってそれをさし出し、ようやく膨《ふく》れた薬袋をもらった。

それまで待っていた秋谷が原山に寄ってきた。

「先生、どこかお悪いのですか」

「肝臓です。もう十年来の慢性でね」

原山は顔を顰《しか》めた。

「それはいけませんね。すこしはよろしいんですか」

「慢性だからね、急に快《よ》くなるということはありません。ここんとこちょっと調子が悪くて、医者に診《み》てもらっている。薬も三日おきに貰いにきています」

艶《つや》のない顔の原山は、舌たるい云いかたをした。

「どうか早く快くなってください。先生には大事なお仕事をしていただかなければなりませんから」

薬袋と本を手提鞄《てさげかばん》に入れた原山は、

「まあそうだな」

とうなずいたが、その声には弾《はず》みがなかった。

「先生、お車は？」

「いや、家がそう遠くないので、散歩がてらに歩いて帰る。医者もなるべく歩くようにとすすめているのでね」

「それじゃ途中までごいっしょしましょうか。ぼくは社に帰りますから」

原山はちょっと要心するように秋谷の顔を見たが、何も云わなかった。

あたたかい陽ざしの通りを痩せた弁護士と丸い身体の新聞記者とは肩をならべて歩いた。というよりも秋谷が原山に寄り添っていた。

「先生、鬼塚《おにづか》球磨子《くまこ》の身体の調子はどうですか」

秋谷は弁護士と歩を合わせながら世間話のような調子できいた。

「健康か。鬼塚被告の健康はいいようだね」

原山もさりげない口調だった。

「大きな女ですからね。身長一七二センチ、体重六一キロ。グラマーですな。……拘置所での先生の面会は、もう十回以上にはなるんでしょう」

「そのくらいにはなるね」

「そうすると、鬼塚球磨子は相変らず突張っていますか」

「あの女のことだ。それは変らないよ」

「やっぱり自分の無罪論を例の如くにぶちまくっていますか」

「おしゃべりは性格だからね」

「先生は、ほんとに鬼塚があの犯行をやってないと信じてらっしゃいますか」

「秋谷君。ぼくは鬼塚球磨子被告の弁護人だよ。被告の無罪を信じないと法廷には立てないよ」

「しかし犯行を認めたうえで、情状酌量論ということもあるじゃありませんか」

「被告は絶対に犯行を否認している。弁護人はそれを援護するだけだ」

「ぼくは鬼塚が逮捕される前に、彼女にインタビューしましたがね。警察が一週間くらい彼女をおよがせていましたから。そのときは景気よく、わたしは事件とは無関係だと滔々《とうとう》としゃべりまくりました。こう左肩を上げて、反身《そりみ》になるのがあの女の癖です。グラマーだから迫力がありますよ。能弁でね。しゃべり出すと、とめどもなくなる。高校を中途退学しているが、東京に出てからのホステス時代に勉強したのか、云うことは相当に知的です。理路整然としている。法律用語もかなり知っていました。背後で東京新宿のやくざとつながっているようには見えませんでしたね。ところが、こっちの質問が核心に触れると、突如として憤《おこ》り出しましてね。そんな奴に用はない、帰れ帰れと怒鳴って、ぼくの胸をこづきました。大女ですから、力があります。凄い剣幕です。うしろに新宿のやくざが付いていると思うと、怕《こわ》かったです」

「どこで会ったのかね」

「あの女が女房として入りこんだ白河福太郎の家です。事件の三カ月前にあの女が白河に改築させたばかりの家で、こんな田舎に、びっくりするくらいモダンです。玄関も自動ドアです。ぼくはその自動ドアの外に押し出されました」

「きみは、鬼塚が三億円の保険金詐取の目的で、亭主の福太郎を乗せた自家用車を運転して車ごと新港湾の埠頭岸壁から海に飛び込み、彼女だけが水中で車から脱出した、という新聞のつづきものを書いてキャンペーンを張ったからね」

「べつにキャンペーンを張ったわけじゃありません。鬼塚球磨子の犯行に間違いないからです。白河福太郎さんは五十九歳でした。親譲りの山林と、耕作地と、ほかに市内に貸ビル一つ。その資産は約二億円と評価されています。妻は十年前に死んだ。一人息子は三年前に、冬の谷川岳に夫婦で登山して両人とも遭難して死亡しています。この息子は福太郎さんが可愛がっていたし、頼りにしていたので、その急死にはひどく気落ちしていました。福太郎さんは息子の遺児、事件当時中学一年生の男の児、小学四年生と一年生の女の児の三人の孫を育ててきた。育てたといっても、傭《やと》い女二人に世話させているので、男手一つでといった貧乏くさい話とはおよそ違いますがね」

弁護士はうなずき、新聞記者はつづける。

「その福太郎さんは、山林売買のことでときどき東京に行っていた。事件の一年前に取引先の招待で新宿のバーに行った。そのとき席についたホステスが鬼塚球磨子です。ふだんの素顔はそうでもないが、化粧すると見違えるように妖艶になる。それに長身のグラマーです。背の低い、瘠せた福太郎さんが球磨子に魅せられたのはわかりますね。その上、十年このかた独身ですから。球磨子のほうも招待した側から福太郎さんが北陸の財産家と聞いて欲心が起り、腕にヨリをかけてサービスにつとめる。球磨子の前には田舎の分限者《ぶげんしゃ》も赤ン坊同然です。たちまちその晩、球磨子に銜《くわ》えこまれてラブホテルに泊ってしまう。それがきっかけで福太郎さんは球磨子に逆上《のぼ》せあがって、月に二度はT市から東京は新宿行きです。行けば球磨子と三日間はいっしょに居る。彼女がますます忘れられなくなる。球磨子が新宿の暴力団員とつながっているとは知らずにね。……」

原山はこつこつと歩いている。

「ころ合いはよしと球磨子は福太郎さんに夫婦になることを迫る。福太郎さんは、前後の考えもなくこれを承知する。惚れた女ですから、向うが持ちかけるのを待っていたフシがあります。そこで球磨子はT市の白河家に入りこみ、福太郎さんとの婚姻届けを済ませた。そうしてすぐに三億円の生命保険を福太郎さんに掛けました。これが事件の起る半年前です。福太郎さんは当座幸福でした」

原山は吐息をつき、手提鞄を持ちかえた。秋谷はなおもつづけた。

「ところが、孫の中学一年生の宗治君が球磨子を嫌って、死んだ母親の実家へ移ってしまう。宗治君は素姓《すじよう》のわからぬ女を家に入れた祖父を憎みました。下の妹二人も兄についていっしょに家を出る。亡妻の実家でも憤慨して、福太郎と絶交します。そこへ起きたのが一年前の七月二十一日、雨の夜の事件です。球磨子の運転、福太郎さんは助手席でした。その車は新港湾A号岸壁を時速四〇キロのスピードで走って海へ飛びこんだ。これは球磨子の計画的な犯行でした」

弁護士は足もとをたしかめるように下をむいてゆっくりと歩いていた。

「それなのに球磨子は逮捕される前にもローカル局のテレビなどに出演して、車墜落はあくまでも事故だとしゃあしゃあとして云い張っていました。事故は、福太郎さんの運転ミスで、自分は助手席に居たと云う。墜落の衝撃で車のフロントガラスが割れ、泳ぎのできる自分は無意識に割れた窓から脱出して、岸壁に辿《たど》りついた。福太郎さんを助ける余裕はなかった、とテレビであの調子でまくし立てていました。福太郎さんはまったく泳げないのです。そのテレビを見たT市民の誰もが鬼塚球磨子の云うことなんか信じていませんよ。警察の調べで、詐欺、恐喝、傷害など前科四犯と判明した鬼塚球磨子の毒婦ぶりは、市民に知れ渡りましたからね。それを球磨子のおしゃべりに瞞着《まんちゃく》されて万が一にも彼女が無罪となったら、どうなるのか。市民は不満です。ぼくはそうした市民感情を代表して、あの筆をとったわけです」

秋谷は鼻の頭に汗を浮ばせて云った。赭《あか》ら顔の彼はいつも精力的な活動に凝《こ》り固まったようで、夏はもとより冬でも顔面に脂汗がじくじくと滲《にじ》んで見えた。彼は北陸日日新聞では社会部の花形記者だった。

「東京の出版社系の週刊誌の記者たちがこっちへやってきて、鬼塚球磨子のことを『北陸一の毒婦』と派手な記事にしたね。週刊誌の連中は北陸日日新聞の記事を読んで駆けつけたと云っていた。鬼塚球磨子のことが日本中にひろがったのは、そもそもきみが北陸日日新聞に書いた連載記事からだ」

「週刊誌は三社くらいがぼくのところに取材に来ました。詳しく話してやったら、みなよろこんでいました。それからこっちの各方面にあたって取材して帰ったのです」

「連中は警察へ行っていろいろと小うるさく聞いたようだね」

「取材の常道でしょう、週刊誌でも」

「ぼくもそれらの週刊誌を読んだが、材料としては格別目新しいものはなかったね。きみの記事の二番煎《せん》じだった。きみは最初から突込んで調べて書いている。捜査側の者でなければわからないようなことまでね」

「そりゃ捜査員の家を回りましたよ。夜討ち朝駆けでね。捜査本部ではあたりさわりのないことしか発表しませんから」

「鬼塚をクロとする捜査側の見方がそのままきみの記事になった」

「先生はぼくを捜査側の代弁者のように思ってらっしゃるんですか。これでもぼくは公平に取材し、いちいち裏をとったつもりです。捜査側の情報をまるのみしたわけじゃありません。ほうぼうに当っています。その結果があいう記事になったんです。状況証拠からいって鬼塚球磨子の容疑は真黒々《まっくろくろ》ですよ」

「鬼塚というい かにも恐ろしそうな姓も、その状況証拠の一つになっているようだね。彼女は熊本県の生れだからね。球磨川の名をとって球磨子となっている」

「そうです。鬼塚球磨子、つづめるとオニクマです。つまり鬼熊になります」

「鬼熊の名は、まだ世間に憶えられているからなア」

――鬼熊事件は大正十五年のことである。千葉県香取郡久賀村の農業岩淵熊次郎が、自分を裏切った女とその母親とを殺し、木小屋に行って火をつけ、そこで恋敵《こいがたき》の男を殺して逃げたが、その逃走中にも巡査二人を斬って一人を死亡させている。そうして熊次郎は山の中に逃げこんだ。千葉県警察部長は多古署に捜査本部を置き、県の警察力をあげての総動員で山を包囲し、山狩りの捜索を行なった。八月二十日から九月末まで約四十日間、熊次郎は房総の山中を転々として捕まらなかった。包囲陣も捜索隊も疲弊した。東京の新聞は、熊次郎を「鬼熊」と呼んで、連日書きたてた。鬼熊の名は「英雄的」に全国にひろがった。しまいには、功名心に逸《はや》る佐原の新聞通信員が鬼熊に接触して彼の話を聞き、鬼熊の「山中告白」として原稿にまとめ、特ダネにした。

「そんな名前だから、保険金目当てに夫を殺してしまいそうな、鬼畜のような冷血女のイメージにぴったりだな」

「たしかにあの名前で彼女は損をしていますね。いちど聞いたら忘れられない名前です」

「それが先入観念の見本のようなものだ。裁判はどこまでも冷静に審理をすすめる。あらゆる先入観念はいっさい排除してね。ぼくも冷静に、科学的な立場で弁護するよ」

「しかしですね、先生。お言葉を返すようですが、鬼塚球磨子が孫まである初老の財産家と結婚して、すぐに亭主に三億円もの保険金をかけた。それからあの車の転落が起きた。夫は車中で溺死したのです。そして球磨子だけが助かった。これはだれがみても彼女に絶対不利じゃないですか」

「そのとおり被告には不利だ。だが、たまたま保険をかけたあとで、交通事故が起きたということはあり得る。この場合、両者に必然的な因果関係はなく、偶然にすぎないよ」

秋谷記者は立ちどまって原山弁護士の横顔を見つめた。

「先生は、そういう弁論をなさるんですか。それは鬼塚球磨子が逮捕される前にみんなに吹聴《ふいちょう》していた理屈です。彼女はテレビでもそう云っていましたからね」

「被告の理屈とは関係がない。弁護人は独自の立場で事件内容を分析して理論を展開するだけだ」

二人はまた歩きだした。

「自信たっぷりの弁護になるようですが」

「弁護をひきうけたからには、最善の努力を傾けるのが弁護人の職務だよ」

「けど、損得からいえば、失礼ですが、ずいぶん損な弁護を引きうけられたものですね。鬼塚に同情する者は世間に一人もいないです。彼女の毒婦ぶりは市民のみんなが知っています。みんな彼女を憎んでいます」

「それなのに、どうしてぼくが鬼塚被告の弁護を引きうけたのかときみは云いたそうだね。事実、鬼塚は詐欺と恐喝と傷害事件を東京で四件も起している。そのうち恐喝は、被害者が彼女の詐欺にかかったと警察に訴えたのを根に持って、出所してから新宿の暴力団をさしむけて脅したのだ。お礼参りだね。傷害も、球磨子の店で働いていたホステスが彼女の悪口を云ったとかで、その仕返しに行って相手の顔に傷をつけたんだ」

「知っています。警察の調べでは、球磨子は一度バーの経営に失敗してから、ホステスとして東京のバーをずいぶんあちこち替っていますね」

「鬼塚は嚇《かっ》となるくせに、妙に執念深い。お礼参りも刑務所でずっと考えていたというんだ。悪口のほうも三カ月くらい経ってから、裏で結託した暴力団員と共に相手を襲撃している」

秋谷の足がまた止まりかけた。いままでの景気のよかった態度が怯《ひる》んでみえた。弁護士はその横顔をちらりと見た。

「そういうわけで」

原山はさきをつづけた。

「こんどの事件も、鬼塚球磨子がぼくの事務所に駆けこんできてぼくに弁護人になってくれと依頼したのだ。まだ逮捕される前だがね。どうも自分は警察にパクられそうだ。

警察は自分を狙っている。日ごろから警察に憎まれているから、逮捕状が出るのは間違いない。起訴されて裁判になったら、弁護人になってください、先生、お願いします、と両手をついて頭をさげられると、弁護士として、断わることはできない。きみの云うとおり損な弁護だとはわかっていてもね。第一に家内も息子も鬼塚球磨子の弁護を引きうけるのに反対した。息子は、或る会社に入っているがね。オヤジが鬼塚球磨子の弁護人というと、会社に対して体裁が悪いというんだ」

「……」

「何を云うかとぼくは息子に怒鳴ってやった。弁護士はおれの天職だ。被告に弁護を頼まれたらイヤとはいえない。まして世間に評判の悪い被告ほど助けてやるのが義務じゃないかとね。息子も家内もわかってくれた」

「そうですか……」

「わからないのは世間だね。鬼塚球磨子の弁護人になったと新聞に出てから、ぼくの家に脅迫電話が頻々《ひんぴん》とかかるようになった。なぜあんな人殺しの弁護をするのか、おまえも鬼塚の悪党の仲間か、とね。それとももう一つはイヤがらせの電話だ。鬼塚の有罪と死刑はわかりきっているのに、その弁護人になるのは売名のためか、と云うんだよ。鬼塚事件は、きみたちマスコミの派手な報道で有名になりすぎたからね」

「先生は鬼塚被告の弁護人を辞退されるお気持はありませんか」

「オリろというのかね？」

「これは他の弁護士さんたちから聞いたのですが、先生が拘置所に面会に行かれると、鬼塚はずいぶん先生にも喰ってかかるそうじゃありませんか。両手を突いて頭をすりつけ、弁護人になってくださいと鬼塚が頼んだというさっきのお話とはだいぶん違うようですが」

「鬼塚球磨子は感情の起伏が激しい女だ。弁護の打合せで話しているとき、こっちの言葉がすこし気に入らないと逆上するのだ。彼女は自分が絶対に無罪だと確信しているからね。独房に六法全書など法律書を差入れさせて勉強している。状況証拠だけでは有罪にならないと信じこんでいる。だからぼくの云い方が気に喰わないと、彼女の性癖からしてすぐに頭にくるんだね。その日その日の気分にも左右されるらしいが、悪態はよくつくね」

「ヒステリーですな、あの女は。先生はそれでも弁護人をつづけられるんですか」

「ぼくがオリたら、鬼塚球磨子はどうなる？　おそらく他の弁護士は彼女の弁護人を引きうけないだろうね。彼女が六法全書をいくら研究していても、ひとりでは闘えない。だいいち、弁護人なしには裁判は開かれないよ」

「地元の弁護士さんに見込みがなくても、東京の弁護士さんを頼むという方法もあるじゃありませんか」

原山の足が止まった。その位置で、彼の視野には漢方薬の有名な製造問屋の古めかしい建物が入っていた。古木の材に彫って金箔《きんぱく》を置いた看板文字の「仙金丹」は昔から袋に詰め替えの家庭薬として全国に名を知られている。屋根の上には立山の雪がのぞいていた。通りを走る車や歩いている人の姿が、うらうらとした秋の陽に、影絵のように原山には見えている。彼はそういう瞳をしていた。

2

「秋谷君。東京の弁護士を頼むという話を、どこから聞いた?」

弁護士は一瞬ぼんやりとなった新聞記者に訊いた。

「或る弁護士さんです。先生、じつはそのことをお伺いに先生の事務所かお宅に参上するつもりだったのです。ところが、さっき偶然にも病院で先生のお姿をお見かけしたものですから、わたしとしては非常に好都合だったわけです。先生、東京の有名な岡村謙孝弁護士に、鬼塚球磨子の弁護人を依頼されたという話は本当ですか」

秋谷はポケットからメモ帖をとり出した。

「もうわかっているなら仕方がない。否定はしない」

「先生ご自身が東京に行かれて、岡村さんにお頼みになったそうですね」

「岡村君は、大学の後輩だからね」

「岡村謙孝氏といえば弁護士界の大物です。十四、五年前のA事件の裁判。あれは思想的な事件でしたが、被告団が無罪になったのは、弁護団の中でも岡村さんの弁論が冴えていたからだと云われていますね」

「岡村君は思想的な背景にはいっさい触れず、純粋な刑事事件としての弁論に徹した。刑事専門の弁護士として岡村君は現在日本で屈指の人だ」

「でしょうね。で、先生は鬼塚の弁護人を岡村氏にバトンタッチされるわけですか」

「ああ、それできみがぼくに、鬼塚の弁護人をオリるのかとしきりと訊いていたのだね」

原山は口もとを微笑させ、頭を振った。

「いや、そうではない。岡村君にはぼくの共同弁護人になってもらうつもりだ」

「共同弁護人に?」

秋谷はメモするのも忘れて、原山の顔をまじまじと見つめた。こんどは秋谷の足がとまった。

「先生だけでは駄目なんですか」

「岡村君のような優秀な人物が共同弁護人になってくれたら、心強いことはこの上ないからね」

「なってくれたら？」

記者は聞き咎《とが》めた。

「では、まだ決定ではないのですか」

すこし安心した表情だった。

「最終的な承諾はまだもらっていない。警察官の捜査報告書、供述調書、検察官への供述調書、被告人の公判調書、証人の公判調書などを十分に読んだうえ、拘置所の被告と面談しにくると云っている。諾否はそのあとだが、たぶん引き受けてくれるだろう」

「そういう感触でしたか」

「岡村君は心を動かしていたようだ。あの人は意欲的だからね」

秋谷はまた気がかりげな顔にもどった。愛嬌ある笑顔は引っこみ、眉《まゆ》の間に縦皺《たてじわ》が出ていた。

「先生はいつごろから岡村氏を共同弁護人にするのを思いつかれたのですか。いままではついぞそういう気配がなく、あくまでも先生おひとりで弁護を担当される様子だったじゃありませんか」

「ぼくのそういう方針に変化が起きたのは、一カ月前からだよ。身体の調子がよくなくて、あの病院の医者に診てもらってからだ」

「とおっしゃると？」

「秋谷君。鬼塚裁判は最高裁まで行くよ。鬼塚球磨子は突張るからね。少なくともあと十数年はかかる。ぼくは今年六十三歳だ。それに、医者の診断では、肝臓が相当にやられているといっている。これが肝硬変まで進んだら、いつ入院ということになるかもしれない。それに年から云ってもね、高裁までも保《も》てるかどうか自信はない。そういうことで岡村君に共同弁護人になってもらい、ぼくが仆《たお》れたときは、あとをお願いするつもりだ」

「そういうことでしたか」

秋谷がメモに鉛筆を走らせるのを原山はじろりと見やった。

「それはまだ新聞には書かないでほしいね。岡村君が東京からこっちに来て鬼塚被告と会ったあとで態度を決定するまではね」

「岡村さんは、いつこちらに見えるんですか」

「それはまだわからない。目下は渡した記録の写しを読んでいるところだから」

「岡村さんは本当に引き受けそうですか」

秋谷はメモをポケットに戻して、気がかりそうにまた訊いた。

「ぼくはその希望を持っているがね。岡村君に参加してもらったら、鬼塚裁判は非常に有利になる。こっちが勝つね。なにしろ状況証拠ばかりだからね。何ら物的証拠はない。警察での自白もない。岡村君の腕は、必ず検察側の主張を片っ端から突き崩してゆくと思うよ」

秋谷はごくりと唾を呑んだ。赭《あか》ら顔がいくらか白くなっていた。

「鬼塚球磨子は一審で無罪になりそうですか」

声が弱くなっていた。

「岡村君の弁論だと、それが期待できる。……おや、きみはなんだか浮かぬ顔をしているね。鬼塚球磨子が無罪になったら、新聞で鬼塚犯行のキャンペーンを張ったてまえ、きみは困るのかね？」

「ぼくは鬼塚の犯行を確信して書いたのですから、地裁で無罪の判決が出たとしてもそれはそれとして受けとめます。検察側はすぐに控訴するでしょうからね。しかし、地裁が鬼塚に無罪の判決を出せば、一般市民の感情が許しませんよ。あいつが夫を殺したのは明々白々なのに、狡《ずる》くも法網を脱《のが》れたということでね」

「それもきみらマスコミが植えつけた先入観だな」

「鬼塚球磨子は前科四犯です」

「そういう悪い女だから夫を殺したというのは感情論でね。それとこれとは別々だよ」

「これは、ぼくの感想ですが、岡村氏は鬼塚の弁護を引き受けられないほうがいいと思いますがね」

「どうしてかね？」

「先生の前ですが、あんな悪い女の弁護を引き受けられただけでも、評判を落しますよ。思想犯とは違いますからね。岡村氏の啧々《さくさく》たる名声を穢《けが》すようなことになりかねないと、ぼくは思いますねえ」

「きみはずいぶん岡村君の為を想っているようだが、鬼塚被告が無罪になるのが、そんなにイヤなのかね？」

原山は、秋谷の顔をじろと見た。

「正直いって愉快ではありませんね」

「それは私的な感情から？」

「公憤からですね。世論もそうです」

「私的な感情というのを、私的な事情からと云い直してもいいが」

「鬼塚球磨子とぼくの間には、私的な事情は何もありません」

「きみは、あの事件を鬼塚の犯行と決めつけて新聞に書きたてた。それには捜査側でなければわからない材料も使っている。鬼塚は一審で無罪になると、たとえ検察側の控訴があっても、保釈となって拘置所を出てくるからね。それがきみには困るんじゃないのかね？」

「………」

「いままでの例からみて、鬼塚球磨子はかならずといっていいほど暴力団と組んでお礼参りをしている。出所した鬼塚は、きみのところにお礼参りにくるかもしれない。きみは、それが心配なのじゃないか」

「そんなことはありません。ぼくは鬼塚球磨子に私的感情を持ってあの記事にしたのじゃありません。社会正義のために新聞に書いたのですから」

「鬼塚にはそのへんの区別ができないよ。あの女の性格は、きみにもわかっているはずだ」

「……」

「きみは、それを心配しているんじゃないかね？」

「新聞記者が記事のことで相手から怨《うら》まれたら、たまったものじゃありませんよ。そんなことをいちいち気にしていたら、仕事はできません」

秋谷は胸をふくらますようにして云ったが、その精力的な顔は、前よりも曇っていた。

「ぼくの弁護なら、たいしたことはない。タカを括《くく》ってよい。有罪判決だ。しかし、岡村君が共同弁護人になると、鬼塚裁判の行方は分らなくなる。無罪になるかもしれない。きみはそれをおそれて、岡村君が弁護を引きうけないように望んでいるんじゃないのかね？」

「そんなことはありません」

秋谷は口の中で繰り返すように云った。

「おや、秋谷君、きみは社へ帰るんじゃなかったかね？　こっちだと遠くなるようだが」

「あ、そうでした」

秋谷はまわりを見回して気づいた。

「先生のお話につられて、思わずお宅の近くまで来ました。ぼくはこれで失礼します」

「失敬したね」

「先生、どうかお身体をお大事にしてください」

「ありがとう」

病院の薬袋を入れた手提鞄を持つ原山弁護士の痩身《そうしん》が、よろよろとした足どりで歩く後姿を、秋谷はそこからしばらく見送っていた。

北陸日日新聞社に戻った秋谷は、すぐに社会部長の机の前に行った。彼は原山弁護士から聞いた話を部長に伝えた。

「岡村弁護士が鬼塚裁判に参加するのか」

部長の眼もにわかに光った。

「原山さんはそういうのですが、まだ真偽はわかりません」

「花形弁護士の岡村謙孝が鬼塚球磨子の共同弁護人になると、大きな話題を呼ぶね。裁判も面白くなる」

「………」

「しかし、岡村弁護士はほんとに引き受けるのかね？」

「そのへんはまだ不明です」

「いっそのこと東京の岡村の家へ電話して、本人に直接訊いてみたらどうだね」

「原山さんはまだ決まったことではないから、内緒にしてくれと云っていましたが」

「まだ記事にしなければいいだろう。岡村の話を聞いたうえで、ゆけそうだったら、その談話を出せばいい。まず当人の話を聞いてからの判断だよ」

「東京に電話してみましょう」

秋谷は自分の机には戻らずに別室に行き、そこから交換台を呼び、今の時間なら岡村が居そうな彼の事務所につなぐように云った。

「岡村法律事務所でございます」

若い女の声だった。秘書らしかった。秋谷は北陸日日新聞社会部の秋谷という者ですと云った。

「岡村です」

響きのいい声が受話器に出た。

「ご多忙のところを申しわけありません。じつはちょっとおうかがいしたいことがございまして……」

こちらの原山弁護士から内密にお話を聞いたのだが、と前置きして、先生が鬼塚球磨子被告の共同弁護人になられるのは事実でございますか、と丁寧に質問した。

「それは原山さん御自身から聞いたのですか」

「はい。原山先生から、まだ内密だがといって、ちょっとうかがいました」

「うむ」

しようがないな、と舌打ちするような声が洩れた。

「その話はまだ決まってないのです」

岡村弁護士は無愛想に答えた。

「ああそうですか。いつごろ決まりそうですか」

「わかりません」

「先生は鬼塚裁判に関心をお持ちですか」

「さあ」

「裁判記録類をすでにお読みと思いますが、ご感想はいかがですか」

「弁護人を引きうけるかどうかまだわからないのに、感想は云えません。ノーコメントです」

「しかし、鬼塚球磨子のことは、東京の週刊誌にもずいぶん出ましたから、先生もお読みになっていることと思いますが」

「そういうものはいちいち読んでいません」

「先生は、原山先生の学校の後輩に当られるそうですが」

「そうです」

「そのご関係から、原山先生に頼まれると、共同弁護人になってもいいというご心境ではありませんか」

秋谷の粘りは、記事のためというよりも、いつか自分自身の懸念《けねん》から出たものになっていた。

「とにかく今はノーコメントです」

憤ったように云い放つ岡村の声は、そこでぷつりと切れた。

岡村謙孝は出馬しないかもしれない。秋谷はなんとなく心が落ちついた。

彼は社会部長にいまの電話のやりとりを報告した。

「そうかね、やっぱり引きうけないのかね。岡村が鬼塚の弁護人で法廷に姿を現わすと、超大物の出現で、大向うを沸かすんだがなア」

社会部長は執心を持ったように呟《つぶや》いた。紙面さえ賑やかにすればよい、あとのことはどうなるのか。秋谷は部長の無神経さに腹が立ち、黙ってその前を離れると、コートをつかんで編集局を出て行った。

下の運輸部に行って社の車を出させた。新港湾埠頭までは車で約三十分であった。

この辺には昔からFやSの各港があった。ことにF湊は江戸時代には北前船《きたまえぶね》の寄港地として有名だったが、その繁栄はなおも昭和の戦後までつづいた。しかしそれらは市から相当に離れていて不便である。かたがた市の発展策のためにJ川の河口をひろげ、潟を開鑿《かいさく》し、埠頭をつくって両岸を埋立てた。木材を積んでくるソ連船や英国船、中国船、韓国船も入港する。岸壁には一万トン級一隻、六千トン級一隻、三千トン級二隻が接岸できる。ソ連船が接岸するA号岸壁の長さは三〇〇メートル、水深一四メートルである。その背後の埋立地は約三万三〇〇〇平方メートル、その半分は倉庫と二十一社の工場が建っている。が、残り半分は未建築で、いまは枯野原であった。市の企業誘致も思いのままにならないでいる。

東西に延びる幹線道路を北に折れて広い鋪装《ほそう》路を入ると、この茫々《ぼうぼう》とした空地の野が左右にひろがる。工場は港近くにかたまっていて、さらに埠頭近くには倉庫の長い建物がならんでいた。

鋪装路は運送のトラック用だ。その突き当りが岸壁だが、道路を右に折れると、長さ三〇〇メートル、幅五〇メートルのA号岸壁のスクエアとなっている。積み降した貨物の堆積《たいせき》場だが、いまは一物もないので、ただの広場であった。ソ連船の姿はなく、岸壁にならんだクレーンも棒立ちのままだった。鬼塚の車が昨年の七月二十一日の夜九時ごろに此処《ここ》へ来たときもこの状態であった。

鋪装路につづく貨物堆積場の中央分離帯の左側をまっすぐに走ると、埠頭と直角にあたる岸壁となる。湾の東方になる都市がひろい海を隔てて見え、飛騨《ひだ》山脈が北の海へ落ちこんだところが親不知子不知《おやしらずこしらず》だった。

いまから一年前の七月二十一日の夜九時すぎは、むろんこうした風景は見えなかった。見えているのは遠い町の灯と、港の対岸にある埠頭の倉庫の灯、入港している小さな貨物船のマストの灯、遠い火力発電所の光であった。こちらのA号岸壁には、四基ならぶクレーンについた小さな赤い灯、倉庫通りの乏しい灯、はなれたところにある工場の疎《まば》らな灯といったようなもので、岸壁には街灯もなかった。そうして当夜は七時ごろから雨が降り出していた。鬼塚球磨子の供述によれば、フロントガラスは絶えず流れる雨滴の筋のために視界がよくきかなかったという。測候所の記録では七月二十一日午後九時から十時までの雨量は四五ミリであった。

球磨子の言によると、白河福太郎所有のその中古車の運転は福太郎で、彼女は助手席にいた。

いま秋谷が岸壁を見ると、その縁《ふち》は高さ一〇センチ、上の幅二センチくらいの障壁が長々と付いている。時速四〇キロのスピードだと、この低い、あるかなしかの障壁を飛び越えるのは何でもない。

じっさい、地検では白河福太郎の車と同程度の中古の中型車二台を使用して実験した。

時速四〇キロの実験車は二台ともこの岸壁の障壁を難なく乗りこえて海へ飛びこんだ。

夏の夜だが、当夜は雨が降っているので、岸壁に夜釣りにくる者も居なくて、一台の車が海へ飛びこむところを目撃した者が一人もいなかった。

ただ、転落の現場は見ていなかったものの、その車が岸壁にむかって中央分離帯の左側を相当な速力で走っているのを見た者はある。それは埠頭にたった一つだけある公衆電話ボックスに入って電話をかけていた市内の会社員藤原好郎という二十七歳の人だった。

藤原好郎は当夜八時に電話ボックスの近くに車で来て、恋人が車でくるのを待っていた。デートの約束は八時十分であった。ところが九時をすぎても来ないので、ボックスに入って彼女のアパートに電話していた。彼女はまだアパートに居て、急に客が来て遅くなったが、これからすぐに出ると云う。だが、そこまでは遠いので、途中の喫茶店で落ち合いたいと彼女は希望した。その電話のやりとりの最中にボックスの前を岸壁にむかって疾走する車を彼は見たので、受話器を耳に当てたまま振り返った。

車はこういう型だったと証人の藤原好郎は白河福太郎の車のそれを云い当てている。助手席には男の人が乗っていた。運転はどういう人がしていたか、その男の人の蔭にかくれて見えなかった。車は一瞬のうちに前を通りすぎた。

いま、その公衆電話ボックスの前に秋谷は立っている。暗い夜も、このボックスの中だけはあかあかと灯がついている。雨の降るA号岸壁の闇の世界に、ぽつんと立ったボックスの輝くような光は、惨劇を見ている無気味な鬼火のようにも想像されて、秋谷はぞっとした。

3

車の「転落事故」は、岸壁に這い上がった鬼塚球磨子が公衆電話ボックスに辿《たど》りついて水上署に通報した。そのとき藤原好郎は喫茶店で恋人と会うべく、自分の車ですでに走り去っていた。

岸壁近くの一四メートルの海底に事故車が屋根を下にして横たわっているのが、当夜十時半ごろに水上署が潜らせたアクアラングの署員によって発見された。福太郎は座席から離れて車の屋根の裏に横たわっていた。すでに溺死していることが潜水の署員によって確認された。フロントガラスが粉々に割れて、そこから海水が浸入したのである。鬼塚球磨子の脱出もその割れたフロントガラスからであった。

翌朝早く海底の車は警察が出動させたクレーンによって引き揚げられた。福太郎の遺体は天井側に横たわっていた。左足は靴をはいていたが、右の靴は足からすっぽり脱げて車内の海水に漂っていた。転落のショックで右の靴が脱げたとみえる。その靴には、やはりショックから生じたと思えるわずかな凹《へこ》みがあり、小さな擦り疵《きず》もあった。「事故」の処理は、水上署から陸上署に移された。

福太郎の遺体が座席から離れていたため、鬼塚球磨子が主張するように彼が運転していたのか、警察が推理するように球磨子が運転席にいたのか、いずれも決定的なことはわからなかった。

ただ、車内から長さ一五センチのスパナが発見され、転倒した下の天井側に落ちていた。警察は色めき立った。鬼塚球磨子はこのスパナを使ってフロントガラスを叩き破り、自分だけが脱出したと警察では見たのである。グラマーの美事な体格の球磨子は、新宿では評判の水泳の巧者であった。

だが、いくら水泳がうまくても海底に落ちた車からの脱出は、球磨子が福太郎の遺産分と三億円の保険金詐取の目的で福太郎を溺死させたとすれば、それは危ない綱渡りであって、彼女自身が共に溺《おぼ》れ死ぬ可能性もあったのである。

鬼塚球磨子には離婚歴があった。夫は彼女の非行と金銭欲に呆れ、別れていった。それから彼女は銀座のバーを転々とし、新宿の歌舞伎町のバーに来た。このとき土地のやくざとつながりができた。彼女のほうが姐御《あねご》格で若いやくざを顎《あご》で使った。そのやくざというのは、新宿の暴力団「黒駒一家」の組員、河崎三郎と野島秀夫の二人であった。

七月二十一日、鬼塚球磨子は朝から福太郎を誘って新潟県の弥彦神社へドライブにいった。

鬼塚球磨子の供述によると、二十一日午前八時にT市を出発。新潟県鯨波《くじらなみ》まで一五〇キロを平均時速五〇キロで三時間にして着いた。十一時だった。鯨波は名勝地でもあり、海水浴場だ。ここで昼食をし、球磨子は海岸で泳いだ。二時間くらい居た。午後一時に出発、弥彦神社まで五〇キロを一時間半で行った。弥彦到着二時半であった。神社の参拝と遊覧に一時間半かかった。

帰途は、四時に弥彦神社を出発、直江津までの八〇キロを二時間で走った。直江津着六時。ドライブインに寄って夕食一時間。七時に出発。ここからT市までは、一一八キロだ。そのころから雨が降り出した。一時間余で魚津のドライブインに少憩、冷たいものなど飲み、さらに三十分でT市内に入った。新港湾埠頭まで二十分くらいで行った。

運転は往路が球磨子、帰路が福太郎であったという。球磨子は若いときにガソリンスタンドで働いたことがあり、そのとき運転免許をとっていた。新港湾埠頭に夜九時を過ぎてなぜ行ったかというと、福太郎が夜景を見たがったからだという。しかし、福太郎は相当に疲れていた。

どうして帰路の運転を福太郎と球磨子とがときどき交替しなかったかというように、球磨子は直江津のドライブインを出てから通りで自動販売機のビール缶二個を買い、それを全部飲んだので、酔っていたからだという。空缶は途中で道路に捨てた。

年とった福太郎は長い運転に疲れていた。フロントガラスには雨が流れていて内側が曇るために視界がきかず、福太郎は何度もガラスを拭いてくれと云ったが、結局距離の目測を誤り、時速四〇キロで車はそのまま岸壁にむかって直進し、海中にジャンプしたと球磨子は述べる。

警察は鬼塚球磨子の言を信用しなかった。あくまで球磨子が運転して、白河福太郎は助手席に坐っていたと断定する。したがって車内から出てきたスパナは、海中に車が転落した際、彼女が脱出時にフロントガラスを叩き割るときに使用したのだとして、これを物的証拠とした。物的証拠といえば、このスパナが唯一のものだった。

ところが、その後、地検が福太郎の車と同じ程度の中古車を二台使って同じ岸壁から時速四〇キロで海へ転落させる試験を行なってみると、二台とも海中三メートルのところで水圧によりフロントガラスが粉々に割れてしまった。スパナを使用するまでもなかったのである。こうなると唯一の物的証拠も宙に浮く格好となった。

二十二日の朝、事故車が海底から引き揚げられたときは、球磨子も現場に行って検証に立ち会っている。彼女は福太郎の変り果てた姿を見て、遺体にとりつき、大声をあげて号泣した。そのしぐさがあまりに派手だったので警察でも検察側でも、それを球磨子の芝居だと推定した。

その検証のとき、運転席とハンドルの間が狭かったのを球磨子は見た。彼女はそのこ

長年の経験からくる運転テクニックだ。左右の車がせまいすき間でぶつからずにすんでいるのは痩せた福太郎だからで、太った球磨子には無理であった、と検察側は主張する。

とを楯にとって、その間隔の狭さを福太郎が運転した証拠だと云った。事実瘠《や》せて細身の福太郎ならその間隔に入るが、グラマーな球磨子では無理であった。

検察側は一時色を失った。運転席は運転者の身体に合わせて、椅子の横に付いたシート・コントロール・レバーで調節すれば、伸縮自在になる。だが、転落実験の結果、車が海中に落ちた衝撃で、このレバーがゆるみ、運転の座席はハンドルのほうへ寄って行くことがわかった。この点に関する鬼塚球磨子の主張は迫力を減じた。

検察側が、車の転落を彼女の計画的な犯行と断定する大きな理由の一つは、福太郎に三億円の保険をかけていた事実からである。

けれども、保険の加入は偶然にすぎず、今回の「事故」とはなんら関係がない、むしろ交通事故が頻発する現代では、三億円くらいの生命傷害保険に入るのは当然すぎるくらい当然だと鬼塚球磨子は主張する。しかし、検察側はそうは考えない。鬼塚球磨子は、当初から三億円の保険金取得の目的で計画的に福太郎と夫婦になったとみる。白河福太郎の遺産二億円の半分は孫たちに行き、半分の一億円は妻に渡される。福太郎の遺言状はなかったが、民法ではそうなっている。そのうえ球磨子は契約の保険金三億円を受け取る。球磨子はその計画によって新港湾のA号岸壁から車を海中に飛びこませ、自分だけ助かったと検察側は推定している。

T市の市民はいずれもこの検察側の見方に同感であった。

その日の夕方であった。

4

秋谷は社から家に戻った。原山弁護士と会い、社から東京の岡村弁護士に電話をした

彼は書棚から、北陸日日新聞から切り抜いた鬼塚事件のつづきものの綴じたのをとり出した。事件直後に自分の書いた記事である。

今日、原山弁護士の云ったことが気になって、もういちど読み直しはじめた。

「女鬼クマの仮面を剝ぐ」——「三億円保険金殺人事件＝ペンが告発する北陸一の毒婦」

連載企画の総タイトルが、派手な書文字で紙面に躍っている。

〔三億円保険金殺人事件は、T地検が容疑者鬼塚球磨子（34）を殺人罪で起訴したことにより、公判廷での審理を待つ新たな段階を迎えた。鬼塚球磨子は全面否認をつづけており、決め手になる物証も乏しいだけに、検察当局は苦悩の色を隠していない。来月から始まる公判の行方は予断を許さないものがあるが、ありあまる状況証拠からみて、市民社会の健全な良識は決してこの〝女鬼クマ〟を許すことはないであろう。起訴を機会に、事件発生いらい二カ月にわたって捜査の最前線を追いつづけ、また鬼塚の足跡を追って熊本にあるいは東京に、独自の取材を展開してきた記者の取材メモから、この稀代

の犯罪プロフェッショナルの素顔を浮き彫りにしてみようと思う」

といった前文に続いて、「社会部・秋谷茂一記者」の署名がある。

〔鬼塚球磨子は熊本県天草の小さな商家に、一男六女のうちの五女として生まれた。家業が忙しいうえに子供が多すぎて、両親はさっぱり彼女にかまってやれず、「球磨子」の名前をつけたのも、おしめや離乳食の世話をしたのも上の兄姉たちだった。

やがて彼女は、二歳にもならぬうちに、養女にもらわれて県下のK町に移ることになる。K町で鉄工所を経営する遠縁の鬼塚夫妻にはあいにく子供がなく、「不自由はさせないから」と熱心に要請したところ、球磨子の実の両親があっさり承知したのだ。

ほかに子がないだけに、球磨子は上等の服を着せられ、ご馳走を並べられて、思いのままに自由に放任されて育った。地元の中学に通い始めたころは、背も高く目鼻だちも大ぶりで、どことなく華やかな感じが目立つ子になっていた。その人目をひく派手さは高校に進むと一挙に花開いたようになって、

「学校では禁じられているのに、いつも鞄の中に化粧品をしのばせていて、ときどきお化粧して登校してきていました。隣町の高校の男子生徒とつき合っているという噂もあって、事実、女のからだのことなんかも彼女はよく知っていて、わたしたちは子供あつかいされていましたっけ」

と、その時分同級生だった主婦が語っている。そうした噂がわずらわしくなったもの

か、球磨子は突然、高校を中退してしまう。まわりの級友には、東京へ出てスチュワーデスになる勉強をする、と云っていたが、実際に彼女が身を寄せたのは、長姉の夫の妹という女性が博多で経営するバーであった。

遊びにきている子なのかホステスなのか、はっきりしない身分のまま毎日店に顔を出しているうち、大柄なグラマーで牡丹《ぼたん》の花が咲いたような彼女に接近する客も日ごとに増えていったが、その中のひとり、博多の老舗《しにせ》の割烹《かっぽう》の跡とり息子であるMさんとたちまち深い関係に。「彼女の、落ちそうでいてサッと身をかわすテクニックは天才的だったわね。ボンボンのMちゃんなんかひとたまりもナシ」とはかつての同僚ホステスの言葉だが、やがて猛反対する両親のもとを飛び出してきたMさんにさらわれるようにして結婚。当初は駆け落ち同様、2LDKのマンション住まいだったが、いつしか両親の諦めに似た黙認によって市内に一戸建の家を構えるようになる。二人して博多の目抜き通りをショッピングする姿も見られ、絵に描いたように幸福な若夫婦の家庭、と町の人々は見ていた。

ところが、鬼塚球磨子は突然その本性をあらわす。結婚三年目のある日、球磨子は博多市内の路上で偶然、ホステス時代に客として来ていた興行師の豊崎勝雄とばったり出会うのである。二日後、球磨子のほうから豊崎の事務所を訪ねて、その日に関係を生じたという。

翌日から鬼塚球磨子は人が変ったようになった。予告もなしに家を出て、豊崎の車で二人だけのドライブ旅行に出発した。関門海峡を渡って徳山、広島、倉敷、姫路と東上し、そこから一転、日本海側に出て、城崎《きのさき》、小浜、敦賀《つるが》。琵琶湖に沿って南下して比叡山を経て京都にはいり長逗留した挙句、奈良を通って紀伊半島を周遊し、フェリーで四国に渡って徳島、高知、足摺岬とドライブを続けた末、八幡浜から再びフェリーで別府へ。じつに二十二日ぶりにようやく帰宅したが、詰問するMさんによって、ハンドバッグに入っていた豊崎宅の鍵を発見されて激しく口論。以後Mさんとの間に諍《いさか》いが絶えなくなった。

間もなく、追尾していたMさんによって豊崎宅での密会の現場に踏み込まれ、これをきっかけとして別居。ところが球磨子は、ひるむどころか、夫の財産の半分は妻に権利があると主張、「別れたいから、家を自分に欲しい」とMさんに申し入れる始末で、Mさんからは「別れる気もないし、家もやらない」と断わられた。

そこで球磨子は豊崎と相談、豊崎にMさんを呼び出させ、先日のMさんに踏み込まれた出来事をたてに、「家宅侵入で訴えて新聞にでかでかと書かせ、料理屋など立ち行かなくしてやる」と脅したうえ、「奥さんは家の名義さえ変えてもらえば家に帰るといっているのだから、変えてやればいいじゃないか」と説得させ、その約束を信じた気のいいMさんから、家屋の権利書と実印を詐取。

が、球磨子は家に戻るどころか、この家屋をさっそく豊崎に売却したことにし、豊崎が俄然、コワモテに豹変《ひょうへん》してMさんの前に現われる。「家屋は自分が球磨子から買い取って、代金も支払ってあるから、×月×日までに明け渡せ。買い戻す意志があるならそれまでに言って来い」と通告するなり、裁判所へ家屋の処分禁止の仮処分を申請した。

驚いたMさんが異議の申立てをしたところ、豊崎が配下の暴力団員を連れておそろしい剣幕で乗り込んできて、中立書をかざしながら「ここに書いてある〝情夫〟とは何の事だ。証拠があるか。写真でもあるというのか。名誉毀損《きそん》で告訴してやる。何事も証拠がなければ話にならんのだ。たとえばあんたが山の中でバラバラにされ、埋められたとしても、証拠がなければ裁判にもならんのだ」とすさまじい形相で脅迫。Mさんはとうとう泣き寝入りを余儀なくされたのである。

離婚を果たした鬼塚球磨子は、手に入れた家屋敷を売り払うや、豊崎勝雄と連れ立ってさっさと九州をあとにし、東京・銀座裏にクラブを開店することになる」

秋谷茂一は、ここまで読み、連載第二回に入った。

〔塗り重ねられた前科。稀代の犯罪プロフェッショナル——。

〝女狐《めぎつね》〟の足跡を追って東京に飛んだ記者が見たものは、悪事に悪事を塗り重ねる球磨子の姿である。なんと彼女には傷害罪の前科があった。

勇躍、銀座に出てきた鬼塚球磨子だったが、たちまち行き詰まった。銀座の金銭感覚というものは、われわれ庶民の想像を絶している。銀座のクラブの平均的な価格からすると、店の改装に坪約二百万円はかかるのだが、球磨子の入手した店は三十五坪あったから、それだけで七千万円。その他、入居の保険金が百五十万円、これに女の子を雇い入れる支度金が必要だから、球磨子が土地家屋を処分して得た一億円余のカネは、クラブのスタートと共に跡かたもなく消えたはずだ。そこから先は〝腕〟の勝負になるが、なにしろ一月に数百軒のバーが生まれ、また消えてゆく熾烈《しれつ》な競争社会の銀座のこと、おいそれとは客がつかめなかったようだ。

球磨子はあせった。繁昌しているよその店のホステスとマネージャーをごっそり引抜くという起死回生の手段を講ずるべく、高利のカネに手を出した。ツケはたちまち廻ってきた。球磨子はホステスたちの尻をたたいて客と関係させ、弱みをつかんだとばかりに高いカネを客に要求。そのことで「恐喝まがいじゃないか」と客たちは一人去り、二人去りしていった。企業のトップクラスに色仕掛けで接近、自分のクラブの法人会員になってもらい、年間百万円乃至《ないし》百五十万円の会費を取る商法も展開してみたが、これとて膨《ふく》れあがる金利を埋めるには遠く及ばなかった。

鬼塚球磨子は、ドレスや装身具を買っても、代金を払わなくなった。被害に遇《あ》った銀座のさる有名ブティックの話では、内容証明郵便で代金を請求しても、折返し内容証明で〝購入した記憶はない〟旨、返事がきたという。

さすがに見切りをつけたものか、愛人の豊崎勝雄が球磨子のもとから去っていった。

その頃から球磨子のホステス扱いは苛烈をきわめていったようだ。貸付金はびしびし取り立て、些細《ささい》な理由をつけては俸給を削り、あげくに無能呼ばわりして殴りつけることがしょっちゅうだったという。

鬼塚球磨子は×年×月、ついにそのあがきもむなしく、S銀行銀座支店で不渡り手形を出し、銀行取引停止の処分を受けることになるのだが、まさにその夜、傷害事件を引き起こしているのである。球磨子の店にはかつて副ママ格のI子さんというホステスがいた。I子さんがかねてから球磨子の信頼を裏切って彼女の悪口を銀座中に触れまわり、その上、ホステスの〝大量脱走〟のリーダーをつとめたと思い込んだ球磨子は、破局に半狂乱となったまま深夜、店の用心棒に置いていたやくざを連れてI子さんのマンションを急襲。殴る蹴るの暴行をはたらいた末、ライターの火で球磨子みずから、I子さんの顔面を焼くという残虐行為を演じ、懲役三年の実刑判決を受けてM刑務所で服役した。

鬼塚球磨子という女は、カネになるとみるやあらゆる奸智《かんち》をはたらかせ、時に残虐な暴力をふるい、悪質きわまる犯罪を積み重ねていささかも改めるところがない。

やがて鬼塚球磨子は新宿のバーに姿を現わすようになる。それからT市の白河福太郎さんが彼女の手練手管《てれんてくだ》にひっかかったのは本紙の報道したとおりだ。

事実、今回の白河福太郎さんの保険金殺人事件でも、福太郎さんとの結婚後まもなく一カ月のあいだに、球磨子は次々と十一社におよぶ保険会社を訪れ、契約条件等を十分検討したうえで、災害死亡時に高倍率の補償を得られる保険を選択し、自分自身は他の保険に加入しているからいいと偽《いつわ》って、保険料の負担を軽くすべく満期までの期間をできるだけ長くとるなどして、五社を相手に、今回の事件で保険金三億円に達する保険契約を結ぶのである。

しかも、一カ月に十七万円におよぶ保険料を〝倹約〟しようとしたのか、鬼塚球磨子は保険成約から半年後、ただちに「計画」の実行に移った。

幼い妹二人を抱え、両親に続いてたった一人の庇護者だった祖父の福太郎さんをも失った宗治くんがつぶやく。「憎い。あいつが憎い。死刑になってもあきたりません」。T市民のうちの誰がいったい、この声を聞き流すことができるだろうか——。

罪を犯しては刑務所に入り、出てきては罪を犯す。この〝魔の輪廻《りんね》〟を繰り返す粗暴にして冷血、しかも佞智《ねいち》にたけた〝北陸一の毒婦〟を許していいものなのか。市民社会がその社会正義と平和を守りうるかどうか、いまやわれわれ自身が問われているのである。——」

——自分の書いたものを読み返してみて、秋谷は沈んだ気持になった。もとより一般読者の興味を唆《そそ》るように書いた記事だが、それにしてもわれながら誇張の強い、浮き上がった文章だ。鬼塚球磨子の前科を暴《あば》き立て、これでもかこれでもかと徹底的にやっつけている。夜嵐お絹と高橋お伝とを合わせたような稀代の姦婦・毒婦になっている。まだ審理が継続中だというのに、紙上で夫殺しの判決を彼女に与えている。

もし鬼塚球磨子が無罪になったら、どうなるだろうか。彼女から名誉毀損の訴えを起されるのは間違いない。いやいや、訴訟だけではすまないだろう。彼女の異常な性格からして、「お礼参り」の報復手段に出てきそうである。きっとそうするにちがいない。

頭を抱えている秋谷の脳裡《のうり》には、球磨子が東京新宿のやくざをさしむけてこの家で暴行を働かせる場面が浮んできた。彼は身震いした。

5

東京から岡村謙孝弁護士がT市に来た。新聞記者の秋谷茂一が原山正雄弁護士と病院の帰りの途上で話してから一週間後である。

岡村がT市に来るのを両弁護士とも秘密にしていたが、ことは拘置所側から新聞社に洩れた。この日午後二時に、岡村と鬼塚球磨子との接見が原山弁護人によって申請されていたからだ。

岡村謙孝はT空港には着かず、隣県のK空港に到着した。新聞記者団の眼を避けるためだったらしいが、これは各社が拘置所側の情報によって羽田空港の搭乗者リストを調べたことから目的が破れた。T市には北陸日日新聞のほかに二つの県紙があり、中央紙三社の支局があった。

旅客機は午前十時半にK空港に着く。その四十分前から一階ロビーに、出迎えの原山弁護士の姿があった。記者たちはまず原山に質問した。

「先生、岡村さんは鬼塚球磨子被告の共同弁護人を引き受けられますか」

「それはまだわかりません」

病気のせいで原山はやつれた顔をし、答える声も小さかった。

「しかし、岡村さんは先生とその約束があるから、鬼塚被告に会いに来られるのでしょう？」

「共同弁護人になって欲しいとは岡村君に頼みましたが、まだその承諾はもらっていません」

「けど、岡村さんが鬼塚被告に会いにこられることは、共同弁護人を承諾される意志があるからじゃないですか」

「たぶんそうだとは思うけど、岡村君の口からその言葉がはっきりと出ないかぎりはなんとも云えません」

「先生はなぜ岡村さんに共同弁護人を頼まれたのですか」

「弁護人が一人よりも二人のほうが心強いからです。それにね、ぼくはいま肝臓が悪くて病院通いの状態ですから」

「岡村さんが共同弁護人になれば、裁判は被告に有利になりますか」

「もちろん非常に有利になると思います。岡村君は刑事事件専門の優秀な弁護士としてあまりに著名です。その岡村君が来るというので、皆さんはこうしてK空港にまで押しかけてるじゃありませんか」

記者たちは笑った。

「先生。鬼塚被告には状況証拠ばかりで物的証拠がありません。本人も自白していません。岡村さんは状況証拠だけでは罪にならないと、この点を強調されて弁護されるでしょうね？」

「それは岡村君に直接訊いてみてください」

「しかし、先生とは共同弁護人になられるのでしょう？」

「まだ共同弁護人と決まったわけではありませんよ」

「T市の市民をはじめこの裁判に関心のある全国の人たちは、岡村さんが乗り出したことに、さらに強い関心を持っています。これまでの岡村さんの弁護された思想関係の裁判は、被告の無罪獲得のための支援者が法廷外に多く、いわゆる『勝ち取る』運動がさかんでした。ところが鬼塚球磨子被告の場合は、彼女が無罪になっても喜ぶ人は一人も居りません。それどころか無罪になったら、亭主を殺した犯人が、法廷戦術でうまうまと罪を脱《のが》れたということになって、皆の憤激を買うことは明らかです。正義の味方、弱者の味方のはずの弁護士が、その職業から悪人の味方になるわけですからね。その点、これまでの岡村さんの弁護事件とはたいへんな違いですが、そのへんを岡村さんはどう思っておられるでしょうか」

北陸日日の秋谷が前に進み出て原山に云ったことだった。それは期せずして記者団の代表質問のかたちになっていた。

「鬼塚被告が殺人犯人かどうか、さし当り一審の判決があるまではわかりませんよ」

原山は、疲れた眼を秋谷にむけて云った。

「しかしですね。鬼塚球磨子が白河福太郎さんと婚姻してから半年後に、乗用車の海中転落事件が起っています。そうして福太郎さんは海底の車内で溺死しました。しかも彼女は、入籍させた翌月にはもう三億円の保険を福太郎さんにかけているんです。つまり、福太郎さんが死亡することによって、その遺産の半分約一億円を妻の権利で取り、三億円の保険金と合計して四億円を取得することを狙った。そうして球磨子が車を運転して新港湾の岸壁から海へ飛びこませ、彼女だけが海底の車から脱出した。ご承知のように検察はそう見ていますね」

「そう。検察の推量ですね」

「鬼塚球磨子は、詐欺、恐喝と傷害とで前科四犯という強《したた》か女です。これまで彼女と恐

喝の共犯者だった新宿の暴力団『黒駒一家』の組員河崎三郎と野島秀夫の証言がありま
す。それによると鬼塚球磨子は両人に、こんどは思いきった仕事をして大金持になって
くる、といって、T市へ行ったというのです。河崎、野島の両人は、T市から新宿のバ
ーにたびたび出てくるようになった福太郎さんを球磨子が籠絡《ろうらく》していることを知ってい
たので、これは彼女が福太郎さんの財産を狙っていると思ったと云っています」
「それも検察側の出した証人の証言ですからね」
「しかし、木下保さんの有力な証言がありますよ。木下さんは市内の建築業者で、白河
福太郎さんの親友です。その証言によると、球磨子と婚姻後四カ月のとき、福太郎さん
は木下さんに『球磨子と夫婦になったのは、とんだ失敗だった。あの女は、気が強くて、
たいへんなヒステリーで、そのうえ強欲《ごうよく》だ。それに、背後には前から因縁のある新宿の
やくざがついているらしい』といってひどく悩んでいた。そこで木下さんが『それなら、
相当な慰藉料《いしやりよう》を出して球磨子と別れたらいいではないか』と忠告すると、『あの女には
三千万円や五千万円の慰藉料では駄目だ。一億円以上出さないと承知しないだろう。お
れにはそんな余裕はない。しかし、近い将来には何とか方法を見つけて別れる、きっと
別れる。自分のもとを離れた孫たちのためにもそうする。だが、いま、あの女を離別し
ようとすれば、おれはあいつに殺されるのを覚悟しなければならない』と福太郎さんは
云った。そういう木下さんの証言です」

「それも検察側の出した証人の云うことですね」

「その木下さんの証言からの検察側の推定は、ご承知のとおりです。つまり、こうです。木下さんに洩らしたような福太郎さんの心境を球磨子は感知した。カンのいい女ですからね。そこで、これ以上ぐずぐずできないと思って、あの犯行となった。弥彦神社へのドライブに福太郎さんを誘ったのも球磨子で、途中の鯨波で海水浴をしたのは、泳ぎの巧い彼女が、海底の転落車から脱出するためのウォーミング・アップといいますか軽い練習だった、と検察側は見ていますが……」

「それも検察側の推理です」

「まあきわめて普通に考えても、なんですな、一年前当時の球磨子は三十四歳の女盛りです。福太郎さんとは二十五も年が違う。彼といっしょになったが、相手が七十まで生きるか八十まで生きるかわからない。それまで球磨子が辛抱して待つことは、とうていできない。彼女には銀座や新宿の汚《よご》れた面白さが身体に滲《し》みついていますからね。半年間でも北陸の田舎ではとうてい我慢ができません。……そこへ、いま云ったような福太郎さんの心境の変化を敏感に読みとった。待つ時間の限界が来たと球磨子は考えて、福太郎さんを事故死に見せかける決行に踏みきった。市民もまた検察側のその推定に同感していますが」

「いや、それはね……」

折から晴れた秋空に爆音を響かせて東京から旅客機が到着した。新聞記者たちは到着口へ流れて行き、原山はとり残された。

報道写真などで知られている岡村謙孝弁護士の四角い顔が、降客に混って二階ロビーに現われた。出迎えの原山は彼と握手のために前に出た。岡村は顔も四角いが、箱のような身体をしていた。

記者たちが岡村のまわりをとり巻くと、岡村は意外な仰々しさにおどろいていた。カメラ班のシャッターが耳の近くで鳴った。

「岡村先生」

記者の一人がさっそくに高い声をかけた。

「鬼塚被告の共同弁護人になられるそうですが、ご感想を」

「原山さんからお話はありましたが、共同弁護人をお引き受けするかどうかは、まだわかりません」

岡村は渋いがよく徹《とお》る声で答えた。

「しかし、こうして鬼塚被告との面会にわざわざ来られたのですから」

「一応の参考です。被告から直接話を聞いた上で、よく考えてから決めたいと思います」

「だいぶんご慎重のようですが、それほどむずかしい裁判内容ですか」

岡村は微笑して手を振り、失礼というようにちょっとおじぎの格好をし、荷物を持たないほうの手で原山の背中を押すようにして出口へ歩いた。秘書らしい者もついていなかった。岡村の労働者のような体格と、原山の瘠せた身体とは、いっしょにならんで行くのに絶妙な対照をなした。

先生、先生、と記者団はタクシーの列がある乗車口まで追ったが、ここでも寄せてくる記者たちを岡村は近づかせず、原山が用意した車に原山といっしょに乗りこみ、すぐに発車させた。

K空港からT市までは高速道路で一時間ちょっとかかる。左窓に北陸の海岸を見たり、峠を越えたり、また海が眺められたりする。社旗を翻し列をなしてあとにつづく各社の車からは、弁護士の乗る車の後窓に閉められた白い紗《しゃ》のカーテンを見るだけであった。

岡村はT市内の原山法律事務所に入った。新聞記者らは閉め出された。その中の秋谷は、人一倍いらいらしていた。岡村は原山と昼食を共にしながら打合せをしているにちがいなかった。秋谷は外から小さな赤煉瓦の法律事務所の二階の窓を見上げていた。

午後二時が拘置所での面会時間である。岡村と原山は一時三十分に事務所の玄関を出て車に乗った。さすがに新聞記者らもこれを遠巻きにしているだけだった。

二時十分前、原山弁護人に案内された岡村はT刑務所の門をその車でくぐった。拘置所もこの中にあった。

刑務所の塀の前には各社の車がならんだ。記者らは車の中に居て、弁護士二人が門から出てくるのを待っていた。誰もが岡村の共同弁護人引き受けを信じていたが、その口から確言を聞くまでは記事にできなかった。

一時間経った。さらに三十分経った。それでも弁護士たちの車は門から出てこなかった。記者たちは、座席で両手をのばしてあくびをしたり眠ったりした。待ちかねて車から道路に出て、門の中をのぞく者もいた。

秋谷は、ころころした身体で何度も車から出たり入ったりしていた。彼の心理は他の記者とは違っていた。岡村が出てくるまでの待ち遠しい退屈さに困っているのではなく、接見の異常に長い時間が、気がかりでならなかった。時間が長くかかるのは、それだけ岡村が鬼塚球磨子の弁護人を引き受ける決心になっているのではあるまいか。

彼は他の記者と違って、岡村が共同弁護人を引き受けるかもしれないと考える一方、断わる可能性も考えていた。空港での岡村の慎重ぶりをそのように受けとりたかった。岡村が拘置所に鬼塚球磨子との面会に来たのは、大学の先輩原山正雄への義理に過ぎないのだろう。先輩に共同弁護人を要請されて、東京から動きもせずに拒絶するのはあまりに礼を失する。そこでともかく被告と会う。そのうえで、先輩に回答して丁重にこれを辞退するという観測があった。秋谷の期待であり、希望であった。

だが、面会時間のただならぬ長さは、秋谷のこの期待も希望も潰滅《かいめつ》させてゆくようだった。彼はよけいに苛立《いらだ》ちが増して、その場で足踏みをつづけた。

「出てきた」

だれかが叫んだ。

刑務所の門内から見おぼえの乗用車が滑り出てくるところだった。しかし、弁護士二人を乗せた車は、夕陽を車の屋根に反射させながら記者たちの車の前をスピードを上げて走り去った。

各社の車は原山法律事務所の前に到着し、記者たちは玄関前に集まった。ドアは閉められていた。記者の一人が入口わきのインターフォンを取った。

「岡村先生とお会いしたいのです。共同記者会見を申込みます」

「わかりました。あと十分ほどお待ちください」

答えは、原山弁護士の細い声だった。

十分の後、記者たちは会見場所になっている事務所の応接間に入った。人数が多すぎてクーラーでもつけたいくらいだった。

岡村謙孝弁護士が現われ、正面壁ぎわの椅子に着いた。彼は顎《あご》の張った口もとに微笑を湛《たた》えていた。機嫌はいいようだった。

「先生、結論は出ましたか」

メモをかまえた記者団の中からすぐに第一の質問が出た。

岡村は、法廷の百戦練磨で鍛えた戦術的な調子で、とぼけてみせた。

「何の結論ですか」

「もちろん先生が鬼塚被告の弁護を承諾されるかどうかです」

「その結論ならまだ出ません。もう少し考えてからです」

記者団の中に失望のどよめきが小さく起った。

「でも、被告との面会時間がずいぶん長くかかったじゃありませんか。先生が鬼塚被告に詳細におたずねになったからでしょう?」

「参考のために少しは訊きました」

「被告との一問一答、それに時間をとられたのでしょう?」

「一問一答などはありません」

「え、それはどういう意味ですか」

「ぼくは、鬼塚被告の云っているのを聞いていただけです」

「しかし、二時間も要していますからね」

「鬼塚被告は二時間ぶっとおしで自己の無罪論を述べていたのです」

記者たちはおどろきの声をあげた。

「無罪を愬《うった》えていたのですか」

「愬えていたのじゃありません。無罪の演説です。彼女自身が弁護人のようでしたよ。

状況証拠だけだから有罪にすることはできないとね。理路整然としていましたよ。たいへんな能弁です。法律用語を駆使しましてね。勉強していますね。前科四犯だそうですが、珍しい女性です」

「たいそう変った女です。おしゃべりなんですよ。具体的にはどういうことを云っておりましたか」

「それは云えません。鬼塚被告はぼくが自分の弁護人になるものと思ってしゃべったんですから。事実、ぼくは弁護士です。被告から聞いたことには守秘義務があります」

「しかし、先生は被告に何か云われたでしょう?」

「二時間ほどぼくは被告の話を黙って聞いていました。そして最後に、ぽつんと云ってやりました。……しかし、鬼塚君、状況証拠だけでも有罪の判決を下すことはできるんですよ、とね」

記者たちは息を呑んだ。

「ヒステリックな鬼塚被告はどう云いましたか。さぞかし嚇《かつ》となって先生に喰ってかかったでしょうね?」

一人がきいた。

「いいえ。ぼくの云ったことがショックだったようですよ。急に黙って、ぼくをじっと睨《にら》みつけていました」

記者たちの間に、また、どよめきが起った。

「それから？」

「それだけです。身体を大事にしなさいといって接見室を出てきました」

記者たちの間に一瞬の沈黙が落ちた。

「先生」

秋谷が質問した。上《うわ》ずった声だった。

「いま、鬼塚被告におっしゃったという先生のお言葉は微妙ですが、それは被告の状況証拠があまりにもクロすぎて、弁護の余地がない、有罪は絶対だから、弁護人は引き受けられない、そういう意味合いにとってよいでしょうか」

岡村謙孝は、まるい身体をした質問者に視線を向けた。鋭い眼であった。

「有罪の判決が濃厚だと思う被告人だからこそ、被告人の弁護をするのです。それが弁護士というものです」

「そうすると、先生は？」

「ただし、いま申し上げたのは一般論です。ぼくが鬼塚球磨子被告の共同弁護人になるかどうかは東京に帰ってから熟慮します。そのうえで、原山さんにご返事したいと思います」

「では、岡村弁護士の帰京する飛行機の出発時刻も迫っておりますので、記者会見はこれくらいで」

原山が間髪を入れずに云った。

「ちょっと待ってください」

秋谷は汗ばんだ手を上げた。

「岡村先生は、一般論とおっしゃいましたが、その一般論によって、共同弁護人をひきうけられるおつもりだという感触を岡村先生から得たと諒解《りようかい》してもよろしいでしょうか」

岡村謙孝は黙ったまま首を縦にも横にも振らず、かすかな笑《え》みを含んだ顔で席を立った。——

秋谷は社に帰って、原稿を書いた。整理部ではこれに「岡村謙孝弁護士、鬼塚の共同弁護人を決意」という見出しを付けるであろう。各社とも同じ内容の記事になるにちがいなかった。秋谷は感情で抵抗しながら、頭では各社の記事に合わせている自分を知った。

鉛筆を持つ手が震えていた。

飲みに行こうという同僚の誘いを秋谷は断わって家に帰った。

妻が彼の顔色の悪いのにびっくりしていた。

「どこかぐあいが悪いのですか」

「いや、たいしたことはない」

日の暮れた縁側にひとりで坐った。

妻は台所へ行っている。六つの長男と、三つの長女とが庭で鬼ごっこをして遊んでいた。妹は兄に追いかけられて、きゃっきゃっと騒いで逃げまわっていた。

秋谷は茫然とそれを凝視していた。動かない瞳には、この家に乗りこんでくる鬼塚球磨子と、「黒駒一家」の河崎三郎と野島秀夫の姿が見えていた。

三人はへらへらと笑っていた。おかげさまで無罪となり出所しました、ありがとうございました、本日はそのお礼に参りました、と鬼塚球磨子が云う。見上げるばかりに大きな女だ。整った容貌《きりよう》の女だけに、険しい顔をすると凄味《すごみ》がある。うしろをむいて顎を一つしゃくると、やくざ二人が立ち上がる。木刀が振われ、家の中が修羅場《しゆらば》と化す。庭できゃっきゃっと騒いでいる娘の声が家族の逃げまわる悲鳴になっていた。台所で妻が立てる茶碗の音が、家財器物を破壊する音響に聞えていた。

6

岡村謙孝が、鬼塚球磨子の共同弁護人になるのを辞退したという話が、T市の弁護士の間に伝わったのは、それから十日ばかり経ってからだった。

辞退の理由は、岡村が家族から反対されたというにあった。息子は、オヤジ、そんな弁護をひきうけて、たとえ勝ったとしても、オヤジのプラスになるどころか逆に失点になるよ、と云ったという。妻は、せっかく高い評価をうけているのに、こんな事件の弁護を引き受けるとその評価が転落すると夫を諫《いさ》めた。妹娘二人も父親をひき止めた。そういう話であった。記者会見の席で、煮え切らなかった岡村弁護士の態度があらためて思い出された。なかには、さすがの岡村も、鬼塚の有罪判決は動かしようがないとさとって、自分のマイナスになる前に共同弁護人の話から利口にもオリたのだと蔭口する者も居た。判決は死刑に間違いない。

秋谷に生気が戻ってきた。彼の赭ら顔はもと通りになり、一時瘠せた身体はふたたび肥った。ころころと丸い身体はよく動くようになった。

彼はさっそく原山弁護士の事務所を訪問した。

「先生は面会謝絶です」

秘書を兼ねた若い女事務員が出てきて云った。原山は岡村に共同弁護人を断わられ、そのショックで誰にも会いたくないのだ、と秋谷は思った。

「岡村弁護士が鬼塚被告の共同弁護人を断わられたそうですが、それは事実ですか」

「本当です」

女事務員は美しい顔を曇らせてうなずいた。

「こちらの先生はさぞ落胆なさったでしょうね?」

「だと思います」

「その衝撃から、先生はだれとも会いたくないのですか」

無遠慮な質問は、新聞記者の特権だと心得ていた。

「そうではありません。先生の病気がよくないからです」

秋谷は、病院の待合室に腰かけて、薬が出るのをしょんぼりと待っている瘠せた原山の姿を思い浮べた。道を歩くにも、よろよろとした足どりであった。低い声。黄色っぽい、蒼い顔色。

「たしか肝臓がよくないと云っておられましたが」

「そうなんです。いままでは延ばし延ばしにされていましたが、今度はどうしても入院しなければならないようです」

「近いうちにですか」

「はい。二、三日のうちに」

女事務員は暗い顔で答えた。

「それはいけませんね。……では、鬼塚裁判の弁護のほうはどうなるのですか。新たに共同弁護人を頼んで、当分はその人にやってもらうのですか」

東京の岡村謙孝弁護士以上のピンチヒッターは得られまい、第一、共同弁護人を引き受ける弁護士がこのT市に居るだろうか、と秋谷は思っていた。

「ここだけの話です。間もなく先生が発表されるので、あなただけには云いますが」

女事務員はきれいな声を落とした。

「先生は入院と同時に鬼塚被告の弁護人を辞められるのです」

「え、ほんとうですか」

秋谷はおどろいて問い返した。

「嘘ではありません。先生はもうすぐ六十四歳になられます。たとえ手術の結果がよくても、むつかしい鬼塚裁判の法廷に再び立てるかどうかわかりません。この裁判は、有罪判決が出れば被告人の、無罪判決ならば検察側の控訴・上告となって最高裁まで行くでしょう。それまでとうてい先生の健康が許しませんわ」

病院からの途上で原山の口から聞いたことと同じであった。

「ごもっともです。先生のお身体が第一ですからね」

「はい」

「とすると、後任の弁護人はどなたがなられるのでしょうか」

「存じません」

「先生は、あとの弁護人をお頼みになっていないのですか」

「頼んでいません」

「鬼塚被告の希望は？」

「それは、わたしにはわかりませんわ」

それから彼女は溜息を洩らして云った。

「わたしは鬼塚被告を恨んでいます。先生の病気が進んだのは鬼塚さんのためです」

秋谷は原山法律事務所を離れた。

秋谷の心は、いまの秋空のように明るく、軽くなった。降りそそぐ太陽の光が、心の隅々まで射しこんでくるように思われた。

岡村弁護士も去った。原山弁護士も去る。鬼塚球磨子は孤立した。もはや彼女の有罪を阻害する何ものもいなくなった。たぶん鬼塚球磨子には死刑の判決が下るだろう。最高裁に行ってもである。やれやれ、これで鬼塚球磨子から「お礼参り」の報復を受けなくても済む。新宿のやくざ二人は、球磨子あっての手伝い人だから、彼女が居なくなれば脅しにくることはない。安心だ。もう何の心配もない。助かった、と秋谷は正直思った。家庭が暴力の襲撃によって破壊されることは脱れた。あとは鬼塚球磨子の話題が残るだけである。稀代の悪女。毒婦。〝女鬼熊〟。わが国裁判史上でも異常な被告だった。


——

秋谷は北陸日日新聞に自分が書いた連載記事をモトにして、いつか犯罪実話の読物を書いて、東京の出版社へ売りこんでもいいと思った。きっと当るにちがいない。そういう空想まで秋谷に浮んだ。

二日後に、原山弁護士から病気により鬼塚被告の弁護人を辞任するという正式な発表がなされ、同時に原山は入院した。

後任の弁護人にはだれがなるか。秋谷は弁護士たちの間を走りまわって情報蒐集《しゅうしゅう》につとめた。誰も、鬼塚球磨子被告の弁護人になりてのないことがわかった。それはそうだろう。——

被告人に弁護人が付かなければ、法廷は開かれない。「死刑または無期もしくは長期三年を超える懲役もしくは禁錮《きんこ》にあたる事件を審理する場合には、弁護人がなければ開廷することはできない」（刑事訴訟法第二八九条）。「（被告人の事情により）弁護人の選任がないときは、裁判長は（職権をもって）直ちに被告人のため弁護人を選任しなければならない」（刑事訴訟規則第一七八条第三項）。これが国選弁護人である。

鬼塚裁判の公判が進んでいるさなかに、私選弁護人の原山正雄が病気により辞任した。被告はあとの弁護人を選定していない。そこで寸時も早く裁判長は国選弁護人を選ばなければならなかった。国選弁護人は弁護士の中から選ばれる。

秋谷は、原山辞任のあと、鬼塚被告が後任の弁護人を選定しないとわかって、安堵《あんど》した。おそらく鬼塚球磨子には、弁護人なしに単独で闘うだけの自信とファイトがあったのであろう。彼女は憲法・刑事訴訟法・刑法などを、拘置所の独房で六法全書の紙が破れるくらいに熟読し、研究している。なまじっかな弁護人は、彼女にとってかえって邪魔に思えたのであろう。

けれども死刑か無期にあたる事件の鬼塚球磨子の場合、彼女の意志にかかわらず、刑訴法の規定によって裁判長は国選弁護人を定め、できるだけ早く開廷させなければならない。

国選弁護人が付くとわかって秋谷は、もうこれで鬼塚球磨子は浮ばれっこないと手をたたいて、ひとりで燥《はしや》いだ。国選弁護人は概して真剣に弁論する気がないからだ。よく聞く例だが、国選弁護人は一人でいくつもの事件を抱えこみ、あちこちの法廷をかけ持ちで回り、匆々《そうそう》に弁論する。一部にはこれを「員数弁論」と称する人がある。間に合せの、いい加減な弁論、という意味だ。こんな国選弁護人がいては被告人は助からない。

鬼塚裁判の国選弁護人にだれがなるか、というのは秋谷だけでなく、T市の弁護士会の関心と興味を集めた。いくら裁判長から選任されたといっても、弁護士がそれを承諾しなければどうにもならない。じっさいT市の弁護士で鬼塚被告の国選弁護人を引き受けようという者はいなかった。

鬼塚球磨子は、感情の起伏が激しく、にこにこ笑っているかと思うと、何か気に障《さわ》ることを云われると、急に憤《おこ》りだし、検察官はもとより自分の弁護人でも悪罵《あくば》する。にわかに蒼白となり、眼は吊り上がり、顔面筋肉は震顫《しんせん》する。ヒステリー症状が強度に現われ、ほとんど精神異常に近くなってくる。

原山正雄弁護人も、こうした球磨子にはずいぶん悩まされたにちがいないのだ。が、温厚な彼はそれに耐えてきた。先生の病気が進んだのは鬼塚さんのせいです、わたしは鬼塚さんを恨んでいます、とあの女事務員は泪《なみだ》を浮べていた。

そう云われてみると、秋谷にもじっさい思い当るところがあった。以前の原山弁護士はもっと元気であった。もっと活動的であった。それが急に老《ふ》けて、身体が弱まり、瘠せ衰えてきた。顔色は悪く、歩く足もとも定かでないくらいだった。それは誠心誠意、鬼塚被告のために弁護に尽した結果である。球磨子のヒステリーが弁護人の神経をすり減らした。原山は鬼塚球磨子のために仆《たお》れたといっていい。

そういうことが弁護士仲間に伝わってくるから、鬼塚の国選弁護人になる者がいない。だが、それでは裁判所が当惑する。弁護人なしでは、いつまで経っても法廷は再開されないのだ。

しかし、遂に鬼塚球磨子の国選弁護人が決まった。選定されたのは、佐原卓吉弁護士である。まだ四十すぎであった。なんでも地裁の刑事部長が礼を厚くして懇請したのだという。

それを聞いて、秋谷は安心した。佐原卓吉は民事を専門とする弁護士である。依頼されれば刑事事件もやらないことはないが、それはごく僅かで、民事が最も得意であり、また有能であった。

そういう弁護士だ。鬼塚事件のような困難な事件の弁護を本気にやるとは思えなかった。裁判所では鬼塚被告の国選弁護人のひきうけ手がないから、困った末に民事専門の佐原弁護士に頼みこんだのである。したがって裁判所も佐原弁護人に「被告人の利益のために」は初めから多くを期待していないのだ。佐原もまた裁判所から頭を下げて頼まれたから、仕方なしに国選弁護人になっただけであり、もとよりやる気がないはずだ。その弁護士は、当然に、間に合わせの、いわゆる「員数弁論」を法廷でぶつにちがいないのだ。秋谷はそう考えた。楽観がますますひろがった。

秋谷は市内の裁判所に近い佐原法律事務所を訪ねて行った。そこはマンションの四階にあって、三部屋が宛てられてあった。一室は事務室、一室は依頼者などに会う応接室、一室は佐原弁護士の執務室であった。

新聞記者をしているお蔭で、顔は広かった。秋谷は弁護士の執務室に通された。

「やあ、今日は」

弁護士佐原卓吉は、法律書やファイルなどがいっぱい詰っている書棚を背にして顔をあげ、

「いらっしゃい」

と、気軽な声で応じた。横長の机の両脇にもファイルや書類の山が積まれていた。佐

原は机の上のパイプをつかみ、その机を回って隅のテーブルにやってきた。そこには丸いテーブルを囲んで椅子が三つあった。

四十二歳の佐原弁護士は、両頰がすぼんでいて、首が長く、肩が落ちていた。眼鏡の奥には引込んだ眼窩《がんか》があり、鼻梁《びりよう》が高く、顎が尖《とが》っていた。その白い顔は、細長い三角形になっていた。

ただ、唇だけは病的なくらい赤かった。これが色白の顔面と撫で肩と共に女性的な印象を人に与えた。

佐原は、まるく肥った秋谷の横に来て、隣の椅子につつましげに腰かけた。その腰も小さかった。

秋谷はしばらく雑談をした。彼のほうが股をひろげて椅子にかけていた。佐原の声は婦人のようにおとなしかった。

「ところで、佐原先生」

秋谷はきり出した。

「今度、鬼塚球磨子の国選弁護人をお引き受けになられたそうですね？」

「ええ、そうなんです」

佐原は恐縮したように両手先を膝の上に合わせた。

「わたしのガラではないんですがね。ご承知のように特にむつかしい刑事裁判ですから、当惑しているのです。わたしは民事が専門みたいなものでしてね。一度はお断わりしたんですが、刑事部長が見えて、弁護人が付かなければ法廷が開かれないから是非にと云われ、やむを得ずに承諾した次第です。ですからまったく自信はないのです」

佐原は謙虚に云ったが、それは嘘ではないようだった。秋谷の予想したとおりであった。

「法廷のこれまでの記録類はお読みになりましたか」

「退任された原山先生のほうから回ってきましてね。原山先生はご入院とかで、お気の毒です」

「記録類を読まれたご感想は、いかがですか」

「ざっと眼を通しただけでね。これといったまとまった考えはまだ浮びませんよ」

思ったとおり、この国選弁護人は、正面からとり組む気がないのだ。民事訴訟の弁護は報酬が多い。国選弁護人が裁判所から支給される日当は微々たるものだった。佐原は刑事部長に頼まれて、その義理を果すにすぎないようだった。

「これまでの経緯からみて、検察側は、福太郎さんが助手席にいて、運転の鬼塚被告が車を岸壁から海に飛びこませたと主張し、原山弁護人は鬼塚被告が助手席、福太郎さんが運転したと主張してきました。先生はもちろん弁護人に選定されたのですから、原山弁護人の主張を踏襲されると思いますが、それには相当にご苦労なさるのではないでしようか」

秋谷は、活気のない佐原を眺めて、ずばずばと云った。

「そうですな、苦しい弁護になりそうですね。なにしろ鬼塚被告はマスコミにさかんに喧伝《けんでん》されて、強烈なイメージが一般に出来上がっていますからね」

おや、こっちのことを云っているな、と秋谷は思った。鬼塚事件でマスコミに火をつけたのは、北陸日日新聞だ、その記事はおまえが書いたのではないか、と云っているように聞えた。佐原の顔を見直すと、この新しく選任されたばかりの国選弁護人は、視線を下にむけて甚《はなは》だ頼りなげで、とうてい皮肉が云える性格ではないように見えた。

7

一週間ほど経って、秋谷はふたたび佐原弁護士をマンションのその事務所に訪《おとの》うた。佐原が拘置所の鬼塚被告に初めて面会したと、他の弁護士に聞いたからだった。

「いかがでしたか、鬼塚被告との面会結果は？」

「いやァおどろきましたね」

佐原は眼をまるくして云った。

「彼女は、ぼくの顔をみるなり、おまえもわたしが犯《や》ったと思っているんだろう？　と、いきなりそう叫んで睨みつけるんですからね。被告が自分の弁護人にむかってですよ。しかも、わたしが初面会の挨拶を云ったすぐあとですからね。ど胆を抜かれましたよ」

鬼塚球磨子ならいかにも云いそうなことだった。が、彼女もたよりなげな国選弁護人を目前にして、気がいらだち、思わずそう一喝したにちがいなかった。彼女の気持は秋谷にはうなずけた。

「鬼塚球磨子というのはヒステリー女です。そのため原山さんも手を焼かれて、とうとう病気になられたんです」

「ぼくも彼女には苛《いじ》められそうですな」

佐原は心細そうに云った。

「どうか頑張ってください」

秋谷は激励した。こんな国選弁護人が頑張ったところで、鬼塚球磨子の有罪は動かぬ。

「けど、奇妙ですな」

佐原はぽつんと云った。

「何がですか」

「鬼塚被告の無罪確信ぶりです。絶対的態度ですね。あんなに美事に無罪の信念に凝り固まった被告を見るのは初めてですよ。すこしも動揺がないのです。信仰に近いですね」

秋谷は聞いておかしくなった。

「それは鬼塚球磨子が変っているからですよ。ヒステリーだからでしょう。強度のヒステリーは精神病に近いと聞いていますが、彼女の自己無罪確信も妄想からくる一種のパラノイアではないでしょうか」

「なるほどね」

「ですから感情の変化が激しいのだと思います。原山さんの話でしたが、検事はもとより自分の弁護人に咬《か》みつく、裁判長を嘲《あざけ》る、証人を罵《ののし》る。そんな調子だから、裁判官の心証はきわめて悪いということです」

「それはわたしも知っています」

佐原は尖った顎を深くひいた。

「けど、いくらヒステリックな女性被告でも、自己の置かれた立場は知っているはずです。まかり間違えば、死刑になるかもわからないのです。法廷の心証をよくしようと努めるのが人情でしょう。それを自分から悪くしているのは、絶対に無罪だという確信があるからだと思います。犯行をしたかしないかは被告人自身がいちばんよく知っていますからね」

「しかし、裁くのは法廷ですし、判決を言い渡すのは裁判長ですからね」

「鬼塚球磨子は、どんなに法廷や裁判長の心証を悪くしても、真実の前には、彼らは屈従すると考えているのだと思います。彼女の信仰は、真実という名の神でしょうね。自分は告発されたような犯罪は絶対にやってない、これが真実だ。真実は一つで、何ものもこれを冒《おか》すことができない。神聖にして冒すべからず、これが真実という絶対神だ。彼女はそう信じているようです。ですから、いずれは真実の前に屈伏する法廷や裁判長を恐れるところなく罵倒したり嘲笑したりしているのだと思います。……ぼくはね、あの被告の態度を見ていると、この被告は本当に犯行をやってないのじゃないかと思わされてきましたよ」

秋谷は嗤《わら》いたくなった。

が、その一方では、国選弁護人にしては意外に熱のあるのを知った。

「弁護人さんとしては、そう考えられるでしょうね」

「いや、そういう職務的なことからではありません。法廷的な弁護論から離れても、そう思うのです」

佐原弁護人は鬼塚被告のヒステリーに侵《おか》されていると秋谷は思った。狂熱的な宗教はヒステリー的症状の一種だと云う。自己陶酔による神がかり的な妄語《もうご》、憑依者《ひょういしゃ》のような痙攣《けいれん》的身振り、忘我の舞踏。——その激烈さが他の者に影響し、麻薬のように引きずりこむ。佐原弁護人も鬼塚球磨子のそれに囚《とら》われたらしい。

そう思って佐原を見ると、その貧弱な顔といい、薄い身体つきといい、いかにも容易に強い者から影響を受けそうに思えた。

「先生、いま云われたことは、鬼塚被告には物的証拠がない、状況証拠ばかりだ、だから解釈次第では無罪のように取れる、ということですか」

「そうですな、それもありますが……」

佐原はちょっと考えてから、

「検察側は、はじめ転落車の車内にあったスパナを物的証拠として持ち出していましたが、あのスパナの件はウヤムヤになったようですなア」

と、ぼそりと云った。

「それはですね、ぼくが原山さんに聞いたところでは、スパナは検察側が引込めたそうですね。……つまり、こうです。検察側は、転落車と同じ型で、同じ程度の中古車二台を実験車にして、同じ岸壁から時速四〇キロで走らせて海中へ飛びこませたところ、水深三メートルのところで水圧によってフロントガラスが粉微塵《こなみじん》に割れることがわかったからです。検察側では、はじめ鬼塚球磨子がそのスパナで海中の車のフロントガラスを叩き割って、そこから脱出したと見たのですが、テスト車の実験で、スパナを使用するまでもなく、フロントガラスは水圧で破壊されることがわかって、スパナを物的証拠からとり下げてしまいました。スパナに固執すると、テストの結果から、弁護側に絡《から》まれて面倒になると考えたからだといいます」

「そうですか」

被告の弁護人が新聞記者から教えてもらっているようなありさまだった。

「そのスパナは、普通は車の後部トランクの中にしまってあるものでしょうね」

佐原はきく。

「そうです。車が故障した場合に備えて、後部トランクの中に、修理道具の一つとして入れてあります」

「スパナをなぜ鬼塚球磨子は取り出して運転席の下に置いたのでしょうか。もっとも、それは検察側の云いぶんで、海底に転落した車は車輪が上になり、屋根が下になっていた、だから、スパナは下になった天井を床にして落ちていたわけでしょうがね」

「転落前の車では、スパナが運転席の下にあったのは確実でしょう。鬼塚球磨子は運転していて、車の転落と同時にフロントガラスを叩き割るために、足もとにスパナを用意しておいたのだと思います」

秋谷は云った。

「それだったら、なぜ、スパナよりも破壊力の強い大きな金槌《かなづち》を用意しなかったのでしような？　スパナの長さは一五センチだというじゃありませんか。いずれぼくは検察側に、そのスパナの提出を求めて、よく実見するつもりですが、その程度のスパナではフロントガラスがうまく割れるかどうかわからないでしょう。それよりも失敗のない金槌を用意しておいたほうが安心じゃないでしょうか」

佐原は思索するように眼を半分つむって云った。

「………」

秋谷は詰ったが、すぐに云った。

「運転席の下に金槌なんかを置くと、助手席に坐っている白河福太郎さんに怪しまれますね」

「そうですな。しかし、それはスパナの場合も同じです。車が故障もしていないのに、後部トランクからスパナをとり出して運転席の下に置いておくのは不自然です。やはり助手席にいる白河福太郎の不審を買いますよ」

「しかし、スパナぐらいは球磨子がこっそり持ちこんで、運転席の下に隠しておけば、助手席の福太郎には気づかれなかったでしょうな」

「検察側もスパナを問題にしていたときはそう見ていたようです。車は海底で逆転した状態になったから、運転席の下に置いたスパナはそこからはなれて天井側に福太郎の遺体と共に落ちたということです。したがってスパナの最初の位置はどこだったかわからないが、それを運転席の下に忍ばせてあったと検察側は推理していましたね」

やはり弁護人はよく知っていたのだ。

「先生はスパナをどうして問題にされるのですか」

「べつに問題にするわけではありませんが、どうも気にかかるからです」

検察側も引込めたスパナのことを、どうして佐原は気にかけるのか。やはり民事専門の弁護士だから、馴れない刑事事件ではトンチンカンなことを云うのだ、と秋谷は思った。

「ぼくは鬼塚被告にこの前会ったときに訊きましたがね、福太郎がどうしてそんなスパナなんかを車内に持ちこんだかまったく知らなかったと、被告は云っていました。弥彦神社への往路は彼女が運転していたので、スパナが運転席の下とか車内のどこかにあれば、かならずそれに気づいたはずだと、述べていましたよ」

「犯人の彼女とすれば、当然そう云うでしょうね」

秋谷は、内心せせら笑った。

「それと、もう一つ気にかかることがあります」

弁護士は遠慮がちに云った。

「まだ、ほかにありますか」

「それはね、靴です」

「靴？」

「福太郎の右足から脱げた片方の短靴です。海水の浸入した車内にぷかぷか浮んでいましたね」

「そういえば現場の実況見分《けんぶん》調書にそう出ていましたな」

「福太郎の左足は短靴をちゃんとはいていました。それなのに、右足の靴だけがどうして脱げたのでしょうかねえ？……」

これは佐原のひとりごとのような呟《つぶや》きであった。

「それは車が転落したときのショックからですよ。衝撃の部位によっては、その強弱が違うと思います。右足のほうに転落時の衝撃がよけいにかかったのでしょうね」

「………」

「一対の靴でも、履《は》きならしているうちに、片方の靴がゆるくなるというのは、われわれのよく経験するところです。福太郎さんの右足の靴もすこしゆるくなっていたため、衝撃で脱げたのでしょうね。きっとそうですよ」

秋谷は云った。

「そう聞くと、そのとおりですね。いや、そうかもしれません」

佐原は納得がいったように眉を開いたが、しばらく考えてから、またその眉根を寄せた。

「どうも、気になりますなア。スパナといい片方の靴といい……」

ひとりごとであった。

秋谷は佐原弁護士の執務室から廊下に出た。このマンションにはエレベーターがない。

コンクリートの階段をこつこつと降りて行く。マンションといってもほとんどが企業の事務所が入っていて、各階とも社名入りのドアが閉まって、一列にならんでいた。コンクリートの廊下も階段も自分の靴音が耳に響いてくる。——

その靴音からまたしても秋谷は思うのだが、佐原弁護士はなぜ車内に残った白河福太郎の右足の靴が気になるのだろうか。あんなものは検察側も（捜査段階の警察も含めて）問題にしていなかった。もちろん前任の原山弁護人も取り上げなかった。それを佐原だけがどうして気がかりになったのか。

それと、スパナだ。捜査側も検察側も、スパナは鬼塚球磨子がフロントガラスを割るために運転席の下に用意しておいたと推定していたが、テスト車の実験で、水圧によりフロントガラスは自然に割れることがわかって、検察側はスパナを物的証拠（それが唯一の物的証拠だったのに）から引込めた。それをいまごろ佐原は話題に引張り出した。民事の訴訟には強いが刑事事件には不馴れな佐原が、見当違いなことを云い出したと今までは思っていたが、その見当違いが意表を衝《つ》いているのだ。秋谷は佐原を見直す思いになった。

しかも、靴にしてもスパナにしても、佐原にはどこが気になるのかこっちにわからないだけに、秋谷は落ちつかなくなった。わからないということは、第三者にとって不安なものである。それが意表を衝いた云い方だけに、もしかすると佐原弁護士は見かけによらず鋭敏な観察力の持主ではなかろうか、と秋谷は思ってみる気になった。

これは佐原に対する過剰な評価かもしれない。いままで凡庸な弁護士と考えていたその反動から、逆に評価のし過ぎという心理になったのかもしれぬ。しかし、それだけではない。佐原には何か人の持っていない本能的な嗅覚《きゆうかく》のようなものがあるように思えた。その嗅覚というか、観察力は、鬼塚球磨子の無罪につながりそうな気がしてきた。

秋谷は、佐原弁護士にわけのわからぬ気味悪さを次第に感じてきた。

（おれは神経衰弱になっているのではなかろうか。鬼塚球磨子の無罪を願わない希求が昂《こう》じて、神経がどうかなっているのではあるまいか……）

道を歩いている秋谷は、商店街のショーウィンドウに映る自分の顔を不安そうに見つめた。帰宅の秋谷を妻が迎えた。

「あら、お父さん。顔色がよくないわよ」

すぐに妻はおどろいたように彼を見上げた。

秋谷の小肥りの身体が、茶の間にどっかと坐った。子供二人の声が外で騒いでいた。

「お着替えになったら？」

「うむ」

なま返事をして煙草をとり出した。妻は玄関に行って、夫が脱いだ靴を片づけようとしていた。

秋谷は急に振りむいて怒鳴った。

「おれの右足の靴を持ってこい」

「え、右足の靴だけを、どうして?」

「なんでもいいからここへ持ってこい」

妻は片方の靴を手にさげてきた。秋谷はすぐに取った。

「あら、泥が落ちるわ」

妻はあわてて畳に新聞紙を敷いた。

秋谷は自分の靴を手でひねくり回した。靴の表を眺め、裏を見た。妻もいっしょにのぞきこんでいる。

「踵《かかと》がだいぶん減ってるわね。靴屋さんに修理に出したら?」

「うるさい」

——どうしてこの平凡な右足の靴が佐原には気になるのか。白河福太郎の靴だってそう変りはあるまい。福太郎の靴は右足から脱げて、転落車内の海水に漂っていただけだ。実況見分調書には、福太郎の右足の靴には微かなキズと凹《へこ》みがあったと記載されているという。それは車の転落による衝撃で受けたものに決まっている、と秋谷は思った。

「おい、どこかにスパナはないか。車の運転者が持っているやつだ」

「おい」

「うちには車がないから、そんなものはないわ。お隣なら車があるからお持ちだろうけど」

「隣からスパナを借りてこい」

そのスパナも何の変哲もなかった。長さ一五センチ、厚さ四ミリ。これも裏を回し、表をひっくりかえして何回も見たが、スパナはスパナで、別に変ったところはなかった。

秋谷は靴もスパナも放り出して、そのまま動かずに坐りつづけていた。

（佐原弁護士はこの二つの品がどうして気がかりなのか）

瞳を据えて無言でいる夫を、妻は心配そうに見た。

8

公判は回を重ねて行った。
○検察側の証人河崎三郎（東京・新宿の「黒駒一家」の組員。三十六歳）に対する佐原弁護人の反対尋問（抜萃《ばつすい》）。
——鬼塚球磨子被告が、白河福太郎と婚姻して一緒の家に住むために新宿を去ってT市へ行くとき、被告はあなたにどう云いましたか。

——こんどは思い切った仕事をして大金持になって帰ってくると、鬼塚球磨子はわたしと野島秀夫に云いました。

――その鬼塚被告の言葉を、あなたはどういう意味に解釈しましたか。

――彼女はその前からT市の白河福太郎さんと親しくしていました。白河さんは月に三回くらいT市から出て来て、彼女がホステスをしているバーで遊び、それから両人でラブホテルに行ったり、彼女のアパートで泊ったりしていました。彼女は、白河さんはT市の大金持だと云っていました。彼女が白河さんと一緒になったのは、白河さんの財産が目的だと思いました。思い切った仕事をして大金持になって帰ってくると彼女が云ったのは、そういう意味だと思いました。

――被告が帰ってくると云ったのは、白河さんの財産を取得した上で、白河さんと離婚して東京へ戻るという言葉でしたか。それとも一時帰京するという言葉でしたか。

――そうはっきりした云いかたではありませんでした。

――被告が白河さんの財産を取得する目的で白河さんと婚姻したというのは、あなたの想像ですね。

――そう云われてみると、そうです。彼女がそうはっきり口に出して云ったわけではありません。わたしの想像です。

――被告は白河さんと婚姻したら、白河さんに高額の生命保険をかけるとあなたに云いましたか。

——いいえ。云いませんでした。
○検察側の証人野島秀夫（東京・新宿の「黒駒一家」の組員。三十二歳）に対する佐原弁護人の反対尋問（抜萃）。
内容は右河崎三郎証人に同じ。
○検察側の証人木下保（T市で建築業を営む。五十八歳）に対する佐原弁護人の反対尋問（抜萃）。
——あなたは白河福太郎さんの友人ですか。

——はい。白河さんとは三十年来の交際で、親友であります。

——検察官に対する証人の供述調書の記載によると、白河福太郎さんは被告人鬼塚球磨子と婚姻して約四カ月後に、「球磨子と夫婦になったのはとんだ失敗だった、あの女は、気が強くて、たいへんなヒステリーで、そのうえ強欲《ごうよく》だ。それに背後には前から因縁のある新宿のやくざがついているらしい」といってひどく悩んでいた。そこであなたが「それなら相当な慰藉料を出して球磨子と別れたらいいではないか」と忠告した、とありますが、そのとおりですか。

——そのとおりです。

——同記載に、あなたの忠告を聞いた白河福太郎は「あの女には三千万円や五千万円の慰藉料では駄目だ。一億円以上出さないと承知しないだろう。が、おれにはそんな余裕はない。しかし、近い将来には何とか方法を見つけて別れる、自分のもとを離れた孫たちのためにもそうする。だが、いまあの女を離別しようとすれば、おれはあいつに殺されるのを覚悟しなければならない」とあなたに語ったとありますが、そのとおりですか。

――福太郎はそういう意味のことをわたしに云いました。

――白河福太郎が妻の球磨子に殺されるというのは具体的にはどういうことか、あなたは白河からそれを聞きましたか。

――いいえ。福太郎は具体的には云いませんでした。

――それでは球磨子に白河を殺すようなはっきりとした実行計画があって、それを白河が感知したわけではありませんね。

――そのとき、白河の奥さん（球磨子）が、さしあたってそんな実行計画を具体的に持っていたわけじゃないと思います。

――殺すとか殺されるとか云う言葉は、日常の軽い冗談にもよく使われます。鬼塚球磨子には明確な実行計画がないのですから、彼女に殺意があったわけではありません。したがって白河福太郎は球磨子に殺意を感知したわけでもありません。白河があなたに「あいつ（球磨子）に殺されるのを覚悟しなければならない」と云ったのは、なんら根拠のない、白河福太郎の軽口と考えられますが、どうですか。

――そう云われてみると、とくべつに根拠のある、深い意味の言葉ではなかったと思います。

○検察側の証人藤原好郎（T市の会社員。二十八歳）に対する佐原弁護人の反対尋問（抜萃）。

――あなたは昭和××年七月二十一日の夜、T市新港湾埠頭A号岸壁にある公衆電話ボックスから、当時許婚者であった現在の奥さんに電話をかけられましたが、それは何時ごろですか。

――午後九時五分からでした。

――どうしてその時間を正確に記憶していますか。

――当時許婚者だった栄子とその岸壁で会う約束でしたが、栄子が時間になっても来ないので、彼女のアパートにその公衆電話ボックスから九時五分に電話したのです。そのとき自分の腕時計を見ましたから記憶しています。

――あなたは電話で話し中に、電話ボックスの横を走り抜ける車を目撃したのですか。

――そうです。話しているうちに電話ボックスの横を相当なスピードで岸壁のほうへ走る車を見ました。そのとき、受話器を握ったまま、また腕時計を見ました。九時十分でした。

――なぜ、また時計をみたのですか。

——その車が岸壁の突端にむかって、時速四〇キロくらいのスピードで走っていくので、危ないな、と思ったからです。その先は海になっていますから。

——公衆電話ボックスと海に臨んだ岸壁の突端とは約一〇〇メートルの距離です。時速四〇キロだと一秒間に一一メートル走りますから、岸壁の突端までは十秒弱の所要時間です。そのとき、その車はブレーキをかける様子はありませんでしたか。

——いいえ。止まりもせず、スピードも落さなかったです。

——ハンドルを右か左に切る様子はなかったですか。

——赤い尾灯《テイル》がそのまま岸壁の突端にむかって直進して行きました。

——その時刻の天候はどうでしたか。

——かなり強い雨が降っていました。

——岸壁の照明はどんなぐあいでしたか。

——相当に暗かったです。

——付近は相当に暗かった、そのうえ強い雨が降っていた。それでよく車の車種がわかりましたね。

——電話ボックスの天井についている灯が明るいのです。その光がボックスの横を走り抜ける車に瞬間当ったのです。それと、駐《と》めたわたしの車はヘッドライトを点《つ》けたままにしてあったので、走り去る車の後部が見えました。

――その車種は何でしたか。

――国産の中型車で、A社の××年式の〝C〟でした。

――雨の中でもそれがよくわかりましたか。

――はい。

――プレートナンバーの数字は何でしたか。尾灯でわかったでしょう？

――プレートナンバーの数字は読みとれませんでした。やはり雨の中で、暗かったし、時速四〇キロくらいのスピードで突走って行きましたから。

――A社の××年式〝C〟型は、ポピュラーな車ですか。

――一般に多い型の車です。

――運転席と助手席には、どういう人が乗っていましたか。

――電話ボックスは埠頭に向って左側歩道の車道ぎわにあります。その車はボックスのまん前を通過したのですから、助手席の人は目撃できましたが、運転する人はその蔭になってわかりませんでした。

――助手席の人は男性でしたか、女性でしたか。

――男性でした。

――では、横顔が見えたのですね。どんな人相の男でしたか。

――車の速力と雨とで、人相まではよくわかりません。

――しかし、車は時速四〇キロ程度ですから、助手席にいる男の顔は瞬間でもあなたの視線には捉えられたでしょう。だいたいどんな顔だったかはわかりませんか。

――よくわかりません。

――それが男ということは、どうしてわかりましたか。

――男性だと思ったからです。

――服装は?

――はっきり印象に残っていません。

――あなたは、そのときも受話器を握って許婚者と話していましたか。

――話していました。話しながら通過の車を見たのです。

――あなたは、許婚者が約束どおりの時間にその場所に来ていないために、彼女に電話をかけたのでしたね。だから、なぜ来ないのかと相手を詰問する調子の会話になっていませんでしたか。

――多少そういう口調になっていました。

――彼女はあなたの強い調子の質問に弁解していましたか。

――時間に遅れた理由を云い、岸壁では遠いので、もっと近い市内の喫茶店で会おうというようなことを云っていました。

――あなたは彼女の弁解や、新しい待合せ場所の提案に耳を傾けていました。あなたの関心はもっぱら会話に置かれていた。そのために通過する車の助手席にいた人物を一応は目撃はしたけれど注意力が集中せず、いわば上《うわ》の空で見たという程度ではなかったですか。

——いま思い返してみると、そういうところはあります。

——その心理状態から助手席の人物の顔も服装もはっきり見ずに、男のようだったという印象だけになったのではありませんか。

——云われてみると、そういう点はあります。

——あなたは七月二十一日夜に起ったA号岸壁からの転落事故を新聞で読みましたか。

——二十二日の朝刊で読みました。

——そしてその後に、この被告人席にいる鬼塚球磨子被告が運転し、死亡した白河福太郎が助手席にいたという推定による新聞記事や週刊誌の記事を読みましたか。

——読みました。

——あなたはそれらの記事の影響によって、助手席にいたのが「男性のようだった」という印象になったのではありませんか。

——そういう一面のあることを否定しません。

9

秋谷は、佐原の事務所を訪ねて行った。

夏も終り、季節は秋に入っていた。立山連峰に雪が目立ちはじめていた。鬼塚公判の審理もようやく終りに近づいていた。最初の公判から足かけ四年かかっていた。佐原が国選弁護人として担当してからでも三年だった。長い公判である。

秋谷は、その公判の間、なんとなく見くびっていた佐原弁護士が意外に強力であるのを知った。なにか気味の悪い芯《しん》のようなものをこの弁護士は内蔵しているように途中から感じだした。鬼塚裁判でこれほど有利に歩をすすめようとは予想していなかった。

検察側の証人に対する反対尋問で、「証言」という堅城を、この国選弁護人が次々と突き崩して行った。それぞれの「証言」内容がどのように曖昧《あいまい》なものであり、その曖昧さが解釈の都合次第で千変万化することを、彼は法廷で抉《えぐ》り出してみせた。

鬼塚裁判における状況証拠は検察側の唯一の武器であったが、その状況証拠の中核をなすのは、河崎三郎、野島秀夫、木下保、藤原好郎の各証言であった。その証言内容の脆弱《ぜいじゃく》さを、佐原弁護人は裁判官、検察官、そして満員の傍聴人の前に引きずり出してみせた。

佐原弁護士は民事専門だと思ったのに、検察側証人に対する反対尋問のやりかたをみると、刑事裁判についてもなみなみならぬ手腕を持っていたという発見が、T市弁護士会の批評であった。あるいは民事が専門だから、専門外である刑事に新鮮さを感じ、それに好奇心を燃やしたのかもしれない。彼は民事訴訟で得た証人の供述心理に対する犀《さい》利《り》な洞察力を、この公判に応用したのであろうという評価になった。

国選弁護人は、被告にそれほど同情を持たず、したがって事件の内容も詳細に検討することなく、法廷で熱意のない弁論を義務的に展開するものと相場がきまっているのに、佐原の場合はその概念をみごとにひっくり返した観があった。むしろ彼は刑事専門の弁護士よりも優れた感覚を持ち、真実追求に熱心であるのがわかった。

前任の原山弁護人は被告にたいする同情と弁護の熱意は佐原と変るところはなかったが、法廷技術においては佐原と比べて遜色《そんしょく》があった。のみならず、原山が断わられた著名な岡村謙孝弁護人ですら佐原ほどに出来たかどうかわからない、という弁護士仲間の評判であった。

もしかすると鬼塚球磨子被告は無罪判決になるかもしれない、という観測すら専門家筋にささやかれるようになった。

秋谷は、恐怖に近い不安を隠しながら、マンションの四階にある法律事務所の執務室で佐原卓吉と会っていた。

撫で肩の細い身体の佐原は、女のように控え目な微笑を浮べて、秋谷のまるまると肥った背の低い体格と相対していた。

「そうおっしゃられると、気恥しいですね」

新聞記者に弁護の評判がいいことを告げられて佐原卓吉は頬を赭《あか》らめた。うしろの書棚にならぶ金の背文字の法律書や、机の両袖に積まれている訴訟書類、ファイルなどとはおよそ似つかわしくないやさ男だった。

「わたしはただ証言者の立場に立って尋問してみただけです。そうすると供述の心理がなんとなくわかってくるのですね」

佐原は謙虚な態度で語った。

「証人によっては被告に悪意を持つ者がいます。そのような人の証言は正確ではありませんね。はじめに反対尋問をした河崎三郎と野島秀夫の両人は、鬼塚球磨子とは或る意味では仲間ですから、もちろん鬼塚被告に親愛感は持ちこそすれ悪意があろうはずはありません。しかし、この両人ははじめから、球磨子が金持の白河福太郎と婚姻したのは彼女が福太郎の財産を狙ってのことだと考えていました。それは両人が球磨子とつき合った過去の経験から得た推測です。その推測に大きな誤りはないとしても、推測はあくまでも推測です。球磨子が福太郎の財産目当てに計画的に仮りの婚姻をしたという言葉は、球磨子の口からは一度も彼らが聞いてないことがわかりました。球磨子からは、こんどはT市に行って思いきった仕事をして金持になって帰ってくる、と云ったのを聞いているだけです。その言葉から、両人は球磨子が福太郎の財産を狙っていると思った、というのです。単にそう思ったというだけです。その計画なるものを球磨子から具体的には聞いていません。すなわち彼らの思念は、球磨子と交際した自己の経験からの類推です。民事でも、そういう証言の類いは多いですよ」

佐原の声は小さかったが、よく話した。

「次の証人の木下保は白河福太郎の永年の友人です。福太郎から球磨子といっしょになったことの悩みを訴えられて、それなら別れたほうがいいとすすめると、あの女を離別しようとすれば、おれはあいつに殺されるのを覚悟しなければならない、と福太郎は云ったということです。検察側は、その言葉から球磨子に福太郎を殺す計画があり、それを福太郎はうすうす気づいていたという論を立てていますが、福太郎はそれを軽口めかして云っただけです。実際に球磨子にその殺人計画があり、それを福太郎がほんとうに感知していたら、彼は木下保にむかってもっと真剣にそう云いますよ。救いを求めるような言葉になります。そして、福太郎はみすみす坐して球磨子に殺される前に、各方面に連絡してあらゆる救済の方法を求めるでしょう。その事実はまったくなかったのです」

貧弱な身体に似合わず、佐原の赤い唇はよく動いて、言葉も迫力があった。

「最後に反対尋問をした証人の藤原好郎は、福太郎と球磨子とが乗った転落車を現場で見た唯一の目撃者です。けれども、彼は助手席に乗っている人物を男だといっていました。助手席に男がいれば、運転席には当然に女、すなわち鬼塚球磨子がハンドルを握っていたことになります。ところが、わたしが藤原証人によく訊いてみると、助手席の人は顔もわからず服装もわからなかったのです。それでどうして男とわかったかと突込むと、どうも男のようだったというように証言が後退しました。これはたぶんにあとから読んだ新聞記事などの影響からで、本人もそれを認めました」

　秋谷は眼を伏せた。

「目撃した当夜の九時十分には強い雨が降っていました。A号岸壁付近は暗い。そういう悪条件のために、藤原は車の助手席の人物がよくわからなかったのかというと、そうではなく彼のそのときの関心は他にあったのです。藤原好郎は公衆電話ボックスに入って婚約者と通話中でした。婚約者が約束どおりそこに来なかったので、頭にきていたのでしょう。それに対して婚約者が弁解する。藤原はそれを熱心に聞いていた。婚約者は逢う場所の急遽《きゆうきよ》変更を云い出す。それもまた熱心に聞いていました」

　ここで佐原はその場面を想像したように微笑した。

「その通話の最中に、電話ボックスの横を車が岸壁の突端方向へむかって走って通った。藤原は受話器を耳に当てたまま車へ振りむく。婚約者の声を聞き、話しながらね。このとき藤原の注意力は、車よりも電話の会話にあったのです。だから彼は通過する車を振り返っては見たものの、会話に気を奪われて、車をぼんやりとしか見なかったのです。注意がそこになかったんですからね。いわゆる『見れども見えず』がそのときの藤原好郎の状態だったんです」

それから佐原弁護士は、ちょっと失礼、と云って細い身体を椅子から立ち上がらせ、背後の書棚に眼を配っていたが、一冊の本を見つけると、椅子に戻って、その本のページを開いた。

「これはアルベルト・ヘルヴィヒというドイツの地方裁判所長が書いた『心理学と尋問技術』という本です。その中に『証人の心理』という項があって、彼はそこでこう述べています。……『注意力は、ある一定の事柄に集中されると、かならず他の、同時に起っている事柄から外《そ》らされるものである。だから、同時によく見、よく聞くということは普通は不可能である。大多数の者は、何かを見ていれば、聞くことを怠っている。また聴覚印象にその注意がそそがれていれば、物を見ることができない。かかる両極端の人達の間には、同時に見たり聞いたりする能力の程度が千差万別である無数の者が介在しているわけである。われわれ裁判官は多くの場合、同時に見たり聞いたりすることができる。だからといって、或る事件について供述する証人もまた同様な能力の持主で、視覚印象と聴覚印象とを同時に働かせ得るものと考えるなら、それはとんだ思い違いであろう』とね。……これでも藤原好郎のそのときの心理状態が理解できるでしょう?」

佐原はそう云って、秋谷の顔をのぞきこんだ。

秋谷は椅子にかけたまま動かず、沈黙していた。口を開け、下唇をだらりと垂らしていた。

「おや、どうかしましたか」

佐原は秋谷の顔色に気づいて訊いた。

「……………」

「顔色がよくないですよ。ご気分でも悪いのじゃありませんか」

中年婦人のようにやさしく佐原は秋谷にたずねた。

「いえ、大丈夫です」

秋谷はやっと首を振った。

「先生、鬼塚被告は無罪になりそうですか? いや、これは被告の弁護人に対して愚問ですが、先生の検察側証人への反対尋問がたいそう有効なことから、証拠不充分で無罪という判決になりそうにも思えますが」

そのほうが気がかりげであった。

「そういう方向に努力します。しかし、わたしとしては、証拠不充分という消極的な無罪ではなく、より積極的な証明を提出して、完全無罪を勝ち取りたいですね」

「鬼塚被告の場合は、状況証拠ばかりでしょう？　無罪の積極的な証明というと、何か物的証拠のようなものがあるんですか」

「それがね、いまのところ残念ながら形になっていないのですよ」

「形になっていないというと？」

秋谷の神経は、佐原の妙な云い方を聞き咎《とが》めた。

「というのは、或る物がいま遠くに見えているけど、それがまだモヤモヤとしていて、形になって固まっていないということですよ」

「………」

「ほら、転落車に遺《のこ》っていた白河福太郎の右足の靴とスパナのことは、あなたに話したことがありましたね？」

「はあ」

「あれがどうもわたしには気になって仕方がないんです」

「しかし、福太郎さんの右足の靴は転落のショックで脱げ、スパナは、鬼塚被告が海底に落ちた車のフロントガラスを叩き割るためのものだったと検察側は云ってましたね。もっとも、テスト車の実験の結果、フロントガラスは水深三メートルのところで水圧によって割れることがわかって、スパナの問題はウヤムヤになりましたが……」

「そのとおりです。ぼくもそのように思っていますがね。しかし、どうもあの二つの物がわたしには気になるんですよ」

「………」

実は、家で自分の右足の靴とスパナとをひねくり回し、ためつすがめつ眺めたけれど、なんの変哲もなかった「実験」結果については、秋谷は佐原に黙っていた。

「どこが気になるのですか」

「どこがといって、どことも云えないのが苦しいんです。では、あっさりそれを頭の中から棄ててしまえばいいんですが、それもできかねるんです。気持の隅にこびりついていてね。それさえ形となってくれれば、あるいは無罪の物的証拠になるかとも思うんですがねえ……」

佐原は、悩むようにしなやかな指を前額部に当てた。

その姿を見ているうちに、秋谷は佐原が怕《こわ》くなってきた。この国選弁護人はおそろしい男だ。鬼塚球磨子の、真黒々の状況証拠を大半突き崩してしまった。そして、いままた無罪の物的証拠発見に挑んでいるという。佐原ならそれを発見できるかもしれなかった。

秋谷の眼前に、保釈で出所した鬼塚球磨子が東京新宿のやくざを従えて自分の家に乗りこんでくる光景が迫ってきた。妻と二人の子供の悲鳴が耳もとをつんざく。鉄パイプか刃物の下に自分の意識が失われてゆく。——

「状況証拠といえば」

佐原の声がつづいた。

「鬼塚球磨子という名前そのものが、状況証拠の最たるものかもしれませんね。鬼熊事件を思い出させる名ですからね。『女鬼熊』というようにね」

そのアダ名を付けたのも自分だった、と秋谷は考える。

「そういう名の女だったら犯《や》りかねない、いや、犯るだろう、金目当てに亭主を殺したに決まっている、というふうにだんだん人々の心証が黒にかたまってゆきます。そうなると彼女の名前が不幸だったということになりますね」

この弁護士を鬼塚被告の弁護人から消す方法はないものか、と秋谷は考えはじめた。

——弁護人を辞退してくれ。オリてくれ。頼む。でないと、おれが鬼塚球磨子にやられる。

しかし、弁護人を辞退してくれと懇願しても、それを承知するような佐原ではもとよりなかった。佐原は、事件に対してますます好奇心に燃え、ますます功名心に駆られているのだ。

佐原を鬼塚の弁護人からひきずりおろさなければならない。消さねばならぬ。そうしなければ、わが一家が異常性格の鬼塚球磨子に暴力的な破壊を受ける。——秋谷は冷たい汗が出ていた。

10

秋谷のまるい顔も長くなって行った。血色のよかった顔が白くなった。身体がだるくなり、筋肉が痛む。頭の中がぼんやりとしていて、物を頭上にかぶったような気分だった。

寝つかれない。眠りが浅く、わけのわからぬ夢が多い。明け方近くなってようやく深い眠りに入る。社に出ても仕事に集中力を失い、忘れっぽくなった。たえず不安感がつきまとう。苛々《いらいら》して、やたらと人に当りたくなった。

この変化を妻も新聞社の者も気づかぬはずはなかった。ノイローゼ気味のようだな、医者に診《み》てもらったら、と上役はすすめた。その原因を上役は知らない。

鬼塚球磨子の悪口を書き立てたことでは、自分もだが、北陸日日新聞社に責任がある。無罪となった鬼塚球磨子に名誉毀損の告訴を出されると、社の幹部はその被告人になる。ただそれだけで済むなら、社の幹部に自分の心配を打ちあけられる。告訴問題では、社が顧問弁護士に相談して善後策を講じるからである。

しかし、鬼塚球磨子が暴力団と組んで「お礼参り」的な報復の挙に出ることまでは上役に云えなかった。彼女は必ず仕返しにくるだろう。だがそれは不確実なこととして、上役は相手にしてくれまい。

鬼塚はあの署名記事の筆者たる自分だけをめざして、まっすぐに向ってくるにちがいない。それには予告はなかった。ある日、突然に現われるのだ。予防の方法はない。

――気が弱いと嗤《わら》われそうで上役にも云えなかった。心配するから妻にはうちあけられなかった。秋谷はひとりで、その不安と闘うしかなかった。

そういうことは佐原弁護士は知らない。知らないので、この前会ってから三週間後に、彼は新聞社の秋谷に電話をかけてきて、興味あることを発見したから、すぐにわたしの事務所に来てくれと明るい声で云った。

「この前からモヤモヤしていた霧が晴れましたよ。ほら、例のスパナと右足の靴のことですよ」

秋谷が執務室に入ってくるなり、佐原弁護士は女が隠し切れない喜びを現わすように顔を輝かして云った。

赤い絨緞《じゆうたん》の床の上には新聞紙を敷いて佐原の右足の靴が一つと、長さ一五センチばかりのスパナとが置いてあった。

「この前、わたしは車を運転して商店街を通ったのですが、混雑で信号三回待ちという渋滞ぶりでした。信号を待っている間は、だれもが経験するように退屈なものでしてね。運転者は本を読むわけにもゆかないしね」

何の話かと、秋谷は思った。

「前の車はちょっと進むと、すぐにとまる。こっちもそうする。そのたびにブレーキを踏んだり、アクセルを踏んだりしなければなりません。わたしの車はノークラッチ、いわゆるノークラです。そういえば、四年前の七月二十一日の夜九時十分ごろに新港湾A号岸壁から海へ墜落した白河福太郎の車も、ノークラの車だったなアなんて思い出しながら、アクセルとブレーキを交互に踏んでいました。両方とも右足を使いますからね。そして、はっと思い当ったんですよ。転落車の車内に遺っていた福太郎さんの右足の靴にね」

秋谷は、佐原の顔を見つめた。

「福太郎さんの右足の靴が脱げたのは、これまでは車の転落のショックからだと思われていました。警察も検察も、そして前任の原山弁護人もそう考えていました。左足の靴を遺体がはいたままになっているのは、ショックの当った部位が違うというようにね。しかし、白河福太郎が助手席に坐っていたら足部にうける衝撃はだいたい平均しているはずだから、右足の靴だけが脱げることはない、脱げるなら左足の靴も脱げる。また靴に足が入ったままだったら左足だけでなく、右足もはいている。しかし、運転席は前に計器類があり、ハンドルがあり、アクセルやブレーキがあり、左側にはチェンジレバー装置のコンソール・ボックスがあるなどして、のっぺらぼうの助手席とは比較にならない複雑さです。ですから、運転席は部位によって転落の際に受ける衝撃の度合いに差違があると思います。だから、右足の靴だけが脱げたのではないか、そう考えると、運転席には白河福太郎が居たことになります」

弁護士は、女事務員が運んできたコーヒーをここで一口すすった。

「はじめは、ただそれだけを思ってみたのです」

弁護士は茶碗を皿の上に戻して、また話をはじめた。

「ところがね、ブレーキをよく見ているうちに、ふと奇妙なことが頭に浮んだのです。ご存知のようにブレーキは、足で踏む部分のペダルと、それを前部からつないでいるシャフトとで出来ていますね。そのブレーキ・ペダルは右足が乗る平らな板状で、長さが一〇センチ、幅が五センチある。それは関係ないが、気にかかるのはペダル裏面と床面との間隔です。見たところ、その間に靴が入りそうなんです。で、試しに、わたしは自分の右足の靴をペダルの下に入れてみました。これが、入らないんですなア。しかし、靴を横にして踵のついている固い部分をさし入れると、ずぼっと入るんです。わたしが事務所に戻ってから正確に測ってみると、ブレーキ・ペダルの先端と床面との間はペダルを踏まない状態で七センチあります。……ついでに云いますと、ぼくの車は白河福太郎の車と同じA社の〝C〟なんです」

佐原は、何を云おうとしているのか。

「で、白河福太郎の靴は、踵までの高さを測ると全体が七・四センチです。これじゃ私の靴と同様にブレーキ・ペダルの下にはすんなりと入りませんね。しかし、いま云ったように、その靴を横にして入れると入ります。横というと、踵の横幅ですからね。これが六・七センチなんです。ペダルと床面の間隔は七センチですから、三ミリほど余裕があります。つまり、靴を横にしてさし入れても靴が三ミリばかり低いのです。

ここで佐原は机の上のメモ用紙を取り、鉛筆でその図解を描いた。

「ね、わかるでしょう?」

「わかります」

秋谷はその図解に納得の意を示した。

「このようにして靴をペダルの下にさし入れてブレーキを踏んでも、ペダルは下にさし込まれた靴に妨《さまた》げられて充分には作動しません。ブレーキがゆるくかかった状態にはなりますがね。それを完全にブレーキのきかない状態にするには、靴の高さに、もう三ミリほど足さないといけません。……それとですね、三ミリの隙間があれば、ペダルの下に押しこんだ靴は、運転中にそこから抜けてしまいます。これを抜けないように固定するために三ミリを加える固い物には、何があるか。ここで浮んできたのが、車の後部トランクに入っていた修理用工具のスパナです。そのスパナを測ってみると、長さ一五センチのものは、厚さが四ミリでした」

「……」

そこまでは自分が見たときには気がつかなかった。秋谷は固唾《かたず》を呑んだ。

「ねえ、秋谷さん。あなたは、この事件にいちばん詳しい方です。前任の弁護人からもよく話を聞かれ、各方面を精力的に取材され、ご自分でもよく調査されました。そこで、ぼくの推理を話して、判断を求めるのは、あなたしかいないと考えるのです」

佐原は秋谷の顔をじっと見た。

その佐原の気持は分る。最も反応のある相手こそ話し甲斐があるのだ。知識の少ない人間に話しても仕方がないのである。

「光栄です」

秋谷は云った。

「こちらこそ、あなたのような人がいたのを感謝したいですよ。そこでですね。……」

佐原は図解に眼を戻して、また説明をはじめた。

「靴の高さ六・七センチ＋《プラス》スパナの厚さ四ミリで、合計の高さが七・一センチです。ペダル裏と床面の間隔は七センチですから、一ミリほど高くなります。それくらいは靴をぎゅっと押しこめば間に入ります。それに鉄のスパナを喰《か》ませるのですから、靴も固定し、ブレーキ・ペダルも完全に固定して、いくら上から足で踏んでもブレーキは作動しません」

「………」

「最初にスパナを床面に置いたのでしょうね。絨緞《じゅうたん》の床ですから、スパナはズレないでしょう。その上に靴を押しこんだほうが楽です」

その通りだと秋谷は思わないわけにはゆかなかった。

「白河福太郎の右足の靴は、転落時の車の衝撃で脱げたのではありません。福太郎が、いま云ったような目的で脱いでいたのです。すなわち運転は鬼塚球磨子ではなく、白河福太郎でした。彼の右足の靴がすこし凹《へこ》んでいて、擦《す》りキズがあったのは、ペダルの下に無理に押しこんだ結果からです。ただ、車の転落の衝撃で、もとの位置のペダルの下からスパナも靴もはずれてしまい、二つとも海底の車内に散乱してしまったのです」

佐原は、蒼い顔をしている秋谷に眼を遣《や》りながらつづけた。

「秋谷さん。わたしは白河福太郎の右足の靴とスパナとがどうも気になって仕方がないと前にあなたに云ったでしょう？　それがしきりと心の隅にへばりついていた。モヤモヤしたものが形にならないといったのは、靴とスパナとをバラバラに考えていたからです。二つが組合せになっているのに気がつかなかったのです。だから用途がわからなかったんです」

「………」

「その、ぼんやりとしたものが形を成してくれれば、鬼塚被告の無罪を積極的に証明する証拠になるのだが、とわたしは云いましたね。やっぱり、そのとおりになりましたよ」

「白河福太郎は、なぜ自分からブレーキがきかないようにしていたのですか」

絶望を感じながら秋谷は最後の質問に力をふり絞った。

「白河福太郎は自殺と思いますよ」

「えっ」

「それは前から計画したのではなく、七月二十一日、鬼塚球磨子といっしょに、新潟県の弥彦神社にドライブしての帰りに、にわかにその決行を思いついたと思うんです。……これまでの公判では、球磨子の運転か福太郎の運転か、という二者択一的な論争しかなかったが、こういう『第三の見方』も存在するのです」

「………」

「鬼塚被告は、往路に自分が運転したときは、車内にスパナを見なかったと弁護人のわたしに云いました。あれはほんとうです。福太郎が帰路を運転しているときに、後部トランクから修理用工具のスパナをとり出して運転席の下に隠しておいたのです」

「そんなことをすれば、助手席の鬼塚球磨子に気づかれるんじゃないですか」

「帰途は、直江津で夕食をし、魚津ではドライブインに入って憩《やす》み、冷たいものを飲んだと被告は云っています。それがその日の午後八時十分ごろです。捜査側もそれを確認しています。つまりそのとき、福太郎は車の調子を見るとか何とか云って、球磨子をドライブインに残して、自分は外に駐車中の車に寄って、スパナをトランクから出して運転席の下に置いておいたと思うのです。そのあとで球磨子が車に戻ってきた。だから彼女はそれを知らなかったのです」

佐原はひと息入れて、つづけた。

「つまりですな、白河福太郎が自殺を決心したのは、弥彦神社からの帰り、それも直江津で夕食をすませてからです。その直前から雨が降り出しました。雨と暗い夜。それは自殺の心理を起させるような気象的な条件です」

「白河福太郎の自殺の動機は？」

秋谷の眼は、部厚い眼鏡の奥で血走っていた。

「彼は十年前に妻に死なれました。最も頼りにしていた一人息子は嫁と共に谷川岳で死亡しました。遺された孫三人は、彼が鬼塚球磨子を家に引き入れたことで彼に反抗し、家を出て、母親の実家に行ってしまいました。とくに中学一年生になる上の男の子は、球磨子を『あいつ』とか『あの鬼婆《おにばばあ》』とか云って呪い、福太郎を憎んでいました。下の二人の妹もそういう兄貴に従っている。孫にも背《そむ》かれた福太郎は孤独でした」

「なるほど」

「そこにもってきて球磨子の悪女ぶりが福太郎にもわかってきましたからね。親友の木下保に彼がこぼしたような、追い詰められた絶望の心境でした。そんなことから、急に自殺を決意した。それには傍の助手席にいる球磨子に対する仕返しがあったと思いますよ。それが急だったから、遺書を書いてないのです。だいたい中年以上の自殺者は遺書を書かない傾向にありますがね」

「球磨子への仕返し？」

「福太郎が運転の車を海中にとびこませて、憎むべき球磨子を死の道づれにすることです。福太郎も彼女が自分に三億円の保険金をかけているのを知っています。受取人の球磨子を死なせて、三億円を永久に受け取れないようにすることです」

「その福太郎が、わざわざブレーキがきかないように細工していた理由は？」

「自殺を決意しても、いざ決行となると、人間の弱さから怯《ひる》むものです。今年の春だったか新聞に、能登海岸の断崖から海へ飛びこもうとしたがそれが出来ず、岩場の上にぼんやりと坐りこんでいた人が助けられたという記事を読みました。自殺決意者のあの心理ですよ」

「………」

「岸壁にむかって突進するとき、福太郎は本能的にブレーキを踏むことを恐れたのです。失敗すれば、助手席の球磨子に意図を気づかれて、あとでどんな目に遇わされるかわからない。絶対に失敗は許されないのです。そのため、右足が本能的にブレーキを踏んでも、それが動かないように、ペダルの下に靴とスパナを詰めこんだのです。ほら、泳ぎの得意な人が自殺しようとする時は、自分の手足を縛って海に飛びこむ、というでしょう。あの心理ですよ」

「それは、いつですか」

「T市からの道が、岸壁広場の直線コースの端にさしかかったときです。それまでは普通に運転しているからブレーキの機能は必要でした」

「しかし、福太郎が靴やスパナをペダルの下に右足で押しこめば、そのもそもそとした様子で、助手席の球磨子に気づかれませんか」

「あなたは球磨子の供述に、フロントガラスの内側が曇っているから拭いてくれと福太郎に何度も云われたので布《きれ》で拭いた、とあるのを憶えているでしょう。その時ですよ、福太郎が靴とスパナをブレーキの下に右足の先で押し込んだのは。つまり、福太郎は、球磨子の眼を逸《そ》らすために、フロントガラスを拭かせたのです。注意を他に向けさせたのです」

「先生」

秋谷は哀れな声を出した。

「先生は、それを法廷で立証されますか」

「靴とスパナを法廷に持ち出し、実験して立証するつもりです。悪女でも、無実の被告には変りありません。わたしは彼女を救い出しますよ」

正義心と功名心に逸《はや》った優秀な国選弁護人は、昂奮を見せて云った。

秋谷がドアから出ていったのを佐原は見送った。が、その夢遊病者のような後姿の意味するものを弁護士は知らなかった。

——それから三日目のおそい晩、佐原国選弁護人はひとり執務室に残って「弁論要旨」の草稿を書いていた。審理もようやく終了に近づいていた。

〔第一節。総論。

弁護人は、この殺人事件関係の弁論に入る前に、この事件の有する極めて特殊な背景と、刑事裁判とは本来どうあるべきかを若干述べるとともに弁論の方針に触れる。

昭和××年七月二十一日午後九時十分ごろ、T市新港湾埠頭A号岸壁で普通乗用車が海中に転落し、白河福太郎が溺死した事件が発生し、被告人が右自動車に同乗していたこと、右死亡した白河福太郎に多額の保険金がかけられていたことからT警察署は殺人事件の疑惑ありとして、直ちに捜査を開始したのである。

このこと自体捜査の端緒と言う意味では特別なことではないのであるが、問題は、この情報を入手した新聞社等のマスコミ関係の在り方であった。

未だ捜査中であるにもかかわらず、マスコミ挙げて被告人の殺人行為であることを断定するかの如き報道が頻《しき》りとなされ、この報道により世論一般が引きずり込まれ、何らの証拠もなく、恰《あたか》も被告人の殺人行為であるかの如き風潮を醸《かも》し出したことは周知の事

実である〕

——ここまで書いてきて佐原卓吉弁護人は、ペンをとめて耳を澄ませた。このマンションの階段を下から昇ってくる足音があったからだ。コンクリートの階段は、靴音をよく響かせていた。佐原は机上の時計を見た。午後十一時二十五分であった。

企業の事務所ばかりが入居しているこのマンションには、夜中に警備員がときどき回ってくる。佐原弁護人は気を変えて、次の文章にかかった。

〔……特に遺憾《いかん》なことは、捜査関係からマスコミに情報が積極的に流された疑問が極めて強いことであった。捜査機関にしか絶対に判らない事実が次から次へと新聞報道されたのは、この事件の特異性を物語って余りあるものがある〕

靴音は三階に昇ってくる。こつ、こつ、こつ、とコンクリートにひびく。

〔……そして、この先入観が、その後関係者・参考人等の供述を真実から遠ざからしめる結果となり、そのことごとくが被告人に不利益な供述内容となって現われて来ていることは、保険契約における各社の契約担当者の供述を見るとき、この先入観がいかに強かったかを如実に示しているのである。このような環境のもとで本裁判が開始、審理されて来たのであるが、少なくとも本裁判に直接関与した当事者は、これら先入観をすべて拭《ぬぐ》い去り、被告人を有罪とし得るか否かは、当法廷に顕出された状況証拠の一つ一つを丹念に精査して事実を確定して行き、少しでも合理的疑いのある状況証拠は、すべて排斥するという刑事裁判本来の在り方に立って〟冷徹な眼で本事件を見つめるべきであることは論を俟《ま》たないところである。弁護人は……〕

靴音は四階の階段を昇ってきて、五階には行かず、四階の踊り場を歩いてきた。三部屋ある佐原法律事務所のうち、弁護士の執務室の外側廊下を通って、入口のドアの前にその足音は停《とま》った。

正常な神経を失った秋谷茂一がそこに立っていて、太い鉄パイプを片手に握っていることをこの国選弁護人はもちろん知らなかった。

〔この観点より、検察官主張の公訴事実を認定することはとうていできないという結論に到達したのである。即ち検察官は……〕

不運な名前——藤田組贋札《がんさつ》事件

1

三月末の或る雨の日、安田は岩見沢の駅で降りた。昨夜泊った札幌を今朝早く発《た》ったので、着いたのが午前十時ごろだった。

手提鞄《てさげかばん》一つを持ち、タクシー発着場にならんで三十分くらい待った。雨降りのため客の列が長い。安田は肌寒いなかで駅前商店街の雨で暗い風景を眺めていた。岩見沢は前に旭川へ行くとき通過したことはあるが、降りたのは初めてであった。

ようやく順番がきて、走り戻ったタクシーに歩み寄った。雨滴が首筋に冷たかった。行先の月形町《つきがた》の名を云うと、運転手はアクセルを踏んだ。方角は西だった。

ヒーターの煖気《だんき》と雨で白く曇った窓に朦朧《もうろう》とした町なかが過ぎると、広い田園についた直線道路が流れてきた。フロントガラスをワイパーが拭いた透明な扇形の中に、耕された冬枯れの原野がどこまでもつづくが、山らしいものはまだ見えなかった。地図では丘陵の裾が目的地であった。

「月形は大きい町かね？」

黙っている運転手の背中に安田はきいた。

「岩見沢の三分の一くらいだな。このへんは北海道の穀倉地帯でね、月形町はその米の集散地だな。そのほかは何も見るところはねえ。昔から樺戸《かばと》集治監のある所で有名だったが、まア、ろくな名所じゃねえな。お客さんもその行刑資料館を見に行くんかい？」

バックミラーの運転手のたるんだ眼がじろじろと彼を見た。

「そうだろうと思った。このごろは、ときどきあそこへ行く人を車に乗せるでな。月形では行刑資料館を町営にしとるで、観光客にわんさと来てもらいてえのだが、なにせ今でもへんぴな所で、札幌からわざわざ見にくる人も少ねえでなア。経営は毎年赤字じゃ」

安田の返事を聞いて運転手は云った。

それでも月形町では「歴史の町・月形」というガイド風な一枚刷りのパンフレットを出していて、安田も旭川の友人からそれを送ってもらっていた。それには土屋文明の歌が数首載っていたが、

長き年の心足《こころだ》らひか夜行車を　暁降りて樺戸の道をきく

というのがあった。北海道の集治監というだけで、だれにも明治の暗い郷愁を起させるらしい。土屋文明がここを訪ねてきたのはいつごろか知らないが、いまでは「樺戸の道」を訊くのではなく、「月形の道」である。

パンフレットには「月形を語るには、どうしても『樺戸監獄』を語らねばならない」と、その歴史の概略を載せていた。

《明治十四年八月、石狩川右岸の名も知られない「シベツブト」の地（現在の月形町）に樺戸集治監が設置されたのが今からざっと九十数年前。当時はうっそうたる樹林帯で、その中を石狩川の大河が悠然と流れ、いつも深い靄《もや》につつまれていた。明治政府樹立後、国内の行政機構が着々と整備されつつあったが、佐賀の乱、神風連《しんぷうれん》の乱、西南の役など打ち続く動乱のために全国に大多数の重罪囚が続出した。廃藩置県後日はまだ浅く牢屋程度の施設しかなく、数千人の罪囚を収容することは極めて困難であった。

そこで明治十一年元老院では、全国の流刑《るけい》の重罪囚、刑期二十年以上の者を日本の島《とう》嶼《しょ》へ集結させる案を立て、いわゆる総懲治監建設地を北海道と決めた。それが「シベツブト」の地に開庁されたのが明治十四年八月のことだった。

その後大正八年一月廃監となるまで三十九年間、赤い着物の囚徒といえば泣く子もだまる、として全国に名をひびかせ恐れられていた。

しかし、いかに罪囚とはいえ、本道開拓に尽した功績は極めて大きい。国道十二号線をはじめ、本道主要幹線のほとんどは囚人の力によって完成されたといっても過言ではない。「月形」、それは樺戸集治監初代典獄、月形潔の姓である》

曇った窓に忙しく動くワイパーがつくった扇形の中には舗装道路の直線が原野の間にいつまでも映った。

「運転手さん。これももとは囚人が造った道路かね？」

「そうです。樺戸道路というてな。囚人の重労働で出来た道でな。……あれ、いま右側に一本の大きな楡《にれ》の木が過ぎたが、お客さんは見なかったかい？」

ふりかえったが後部の窓も乳色であった。

「まあ帰りにはよく見なさいよ。あれは〝見返りの楡〟というてな。樺戸監獄を刑期が終って出された者が、長い間の苦役をしのび、また在監している同囚のことを想って、あの木の下で見返り見返りしてはこの道を岩見沢へ歩いたというので、その名があるんだわ」

《北海道の集治監は、徒刑・流刑・懲役終身の刑に処せられた者を収容する所として、その他の地にあるものは、北海道へ発遣する者を一時囚禁する所とした。樺戸が明治十四年八月、空知《そらち》が十五年六月、釧路《くしろ》が十八年九月に出来た。無期徒刑の囚人には腰に鎖を巻き、長さ二尺の鎖が二本そこから垂れて、囚人の足の重さ一貫目の鉄丸二個に結ばれる。これによって逃亡を防いだ。樺戸は北海道最初の集治監であったため、囚人の開墾と道路つくりは此処《ここ》より行なわれた。密林を伐採し、巨木の根を起し、石を掘り出し、原野を焼いて耕し、もって移住者を迎えた。この開拓をしだいに遠隔の地へとひろげて行った》

安田が読んできた概説書の一節だった。

炎天の下、酷寒の中、囚徒は腰の鎖を鳴らし、両足にまつわる鉄丸を曳きずって、鋸《のこぎり》を引き、斧《おの》を振り上げ、鍬《くわ》を凍土に打ちこむ。その赤い囚人服の群に、一人の老いた「画工」がうごめいているのを安田は想像した。

石狩川の橋を渡った。川の水が少ないのは、その彎曲部《わんきょくぶ》が切り替えられて、現在は古い川になっているからだった。明治十四年のころは、川の土堤に、集治監の物資を運搬する舟着場をこしらえて、のちのちまで監獄波止場《はとば》と呼ばれていたということだった。

行手に疎林のある低い丘陵が見えてきた。

「運転手さん。あれは何という名の山かね？」

「あれかい？　あれは円山公園というてな、増毛《ましけ》山のつづきじゃなア」

破獄脱走を防ぐために、前面に石狩川の大河を抱き、背面に熊の棲《す》む増毛連山を控えるこのシベツブトが集治監の究竟《くっきょう》の場所として択《えら》ばれた、と本にはあった。

月形の町に入った。穀倉地帯らしく左右に農協の大倉庫がつづく。間口の広い問屋は多いが、小売りの店は少なかった。

タクシーは狭い道に入って突き当り、旧式の村役場のような古い建物の前でとまった。

「樺戸行刑資料館は、これだわ。もとの集治監の本館を使うとるそうですな」

その木造建築は、コの字形に三つの棟からできていた。入母屋《いりもや》造りだが、雨に光る急傾斜の屋根は雪を落すためだった。板壁は黒ずんでいた。コの字形の正面入口は、写真でしか見ないが、旧《もと》の面影を残していた。タクシーを降りた安田は、雨をよけながらその中に走りこんだ。

右側に受付があって、若い女性職員が二人窓の中にすわっていた。入館料を払うと、案内書のようなものをくれた。旭川の友人が送ってくれた「歴史の町・月形」と同じパンフレットだった。

展示場は相当に広く、陳列ケースがいくつもならんでいた。板床の上を靴音を忍ばせて近づくと、とつぜん女の声でアナウンスがはじまった。

「みなさま、本日はようこそ、この北海道行刑資料館へお出で下さいまして、まことにありがとうございます。ただいまより、この行刑資料館の概要のご説明を申しあげます。……」

テープの声は高く、ひっそりした館内に響きわたった。安田ひとりだけの入場者のためであった。

「ご存知のこととは存じますが、樺戸集治監は明治十四年明治政府によりつくられた全国で第三番目の集治監です。樺戸集治監はのちに樺戸監獄と変り、大正八年まで三十九年間、月形町に設置されており、多くの政治犯や凶悪犯などが収容されており、明治二十年代には道開拓の拠点となり、主として道路開鑿《かいさく》の任に当りました。この行刑資料館は明治十九年、樺戸集治監本庁舎として建築され、大正八年まで監獄庁舎として使用され、その後大正九年から昭和四十七年まで役場庁舎として、さらに昭和四十八年からは行刑資料館として使用され、本年で九十四年の齢《よわい》をかぞえます。なお、この建物は現在、北海道文化財として、指定を申請しております。……」

ガラス張りの陳列棚はこの展示場の四囲を埋め、またそれが中央に何列にもならんで、間が観覧順路になっていた。

陳列品には、脱獄囚や獄則違反囚に「戒具《かいぐ》」として足首につけた重さ四キロの鉄丸、逃走を防ぐために二人を一組につないだ連鎖、護送用の編笠、手錠、時報に使った鐘、朱色の囚人服などがある。

それらの暗い品にならんできらびやかなのは監署側の展示物だった。監署というのは、この集治監の本部である。

紺地の小倉織に赤い筋の入った守卒の服。同じく紺地に赤筋を巻き正面に「守」の字を入れた銅の徽章《きしよう》がつく羅紗帽《ラシヤぼう》。金模様に旭日の真鍮《しんちゆう》徽章入りの帽、黒蛇腹《じやばら》の袖章がつく看守長の紺地の絨服《じゆうふく》。ベタの金筋帽に、同じくベタ金に桜花二つの肩章、三本の金筋が詰った袖章の典獄の服。そして各階級ごとの外套、それも裾長と胴半分までのマントル形とがある。

典獄の洋刀《サーベル》は、柄が金メッキで桜花を唐草文様に散らし、鍔《つば》も同様。革帯の前金具は鍍金《メツキ》で円形に桜花が浮いている。棚に三段に架《か》けた数々の白刃が蛍光灯に光っていた。

脱獄者で抵抗する者はこれで斬殺した。

夜間の脱獄者の捜索と見回り用の提灯《ちょうちん》がある。守卒や看守用の提灯は、胴の上に二条の黒筋を巻き、上に赤い星、下に赤の十字を入れているが、典獄と看守長のそれは縦に波形が入り、前者は五本、後者は三本であった。これらを囚徒の服や戒具などとならべると、その威圧がひしひしと伝わってくる。

展示室は、明治の銅版画の世界であった。

「みなさま。樺戸集治監はのちに樺戸監獄署、北海道集治監、樺戸監獄と名称が変り、大正八年に廃監となるまでの三十九年間、数多くの凶悪犯が、入れかわり立ちかわり収容されていました。強盗の常習犯で脱獄の名人、五寸釘の寅吉をはじめ、情婦を同伴して樺戸下りをした明治の鼠小僧《ねずみこぞう》の根谷《ねや》新太郎、巧妙な偽札《にせさつ》つくりの画工熊坂長庵《くまさかちょうあん》、浪花《なにわ》節《ぶし》にも語られている海賊房次郎、さらに明治の女賊蝮《まむし》のお銀と内縁関係にあった稲妻強盗、スリの大親分玉木勘四郎、僧侶くずれの大須賀権四郎、門衛破りの柏熊《かしくま》常吉など、樺戸監獄は泣く子も黙る凶悪犯のメッカともいわれておりました。そのほか、明治政府の弾圧に泣く自由民権者も国事犯として獄舎に収容されておりました。樺戸集治監には刑期十二年以上及無期懲役囚が収容され、すべて男の囚人でした。……」

ガイドの声がつづく中で、安田は壁間に貼り出された「樺戸集治監配置図」を見上げた。敷地はおよそ五千坪もあろうか、監署、看守駐留所、獄舎、工場、浴場、炊所、屏《へい》禁監《きん》（独房）、病監、教誨堂《きょうかいどう》、戒護本部、厩舎《きゅうしゃ》、各倉庫などが散在している。獄舎の土台はコンクリートで固め、樫《かし》の一尺丸太をそのまま積み重ねた丸太組で、内部は八分板が張りめぐらされてあった。屛禁監をはじめ、獄舎は第一監から第四監まであり、この監房が、板の厚さ五寸、高さ十八尺の塀で囲まれ、庁舎・工場を含めた外柵の四隅には高見張り台がつくられてあった。獄舎の建築工事は明治十三年からはじめられ、十四年にいちおうの完成をみたが、二年間の総工費は九万九千八百五十円であった。──安田が読んだ「樺戸監獄史話」（寺本界雄《かいゆう》）にはそう書いてあった。表門に面した二百二十坪の監署の跡が、いま彼が立っている行刑資料館であった。

「みなさま。この資料館のほかに、囚人が建てたすぐれた彫刻のある北漸寺《ほくぜんじ》・円福寺、さらには囚人が植樹した円山公園の杉林、櫟《くぬぎ》林の老木、そして病気や事故のために更生の夢むなしく死んで行った一千二十二名の囚人が眠る囚人墓地などが残っております。この資料館の内容をさらに充実整備し、系統立った配列にし、詳しい説明を申上げ、ご理解をいただくようにいたしたいと考えておりますが、なにぶんにも相当な費用がかかりますことで、早急には実現できないことですが、できれば早く整備をして、またご覧いただきたいと存じます……。以上で説明を終らせていただきますが、本日はどうぞごゆっくりとご覧くださいませ」

気づくと、静かな靴音がもう一つあった。安田がちらりと見たところでは、青いスプリングコートを羽織っている女性だった。二十六、七くらいの、いくらかまる顔で、頸《くび》がやや長く頭はふくらんだ束髪だった。陳列ケースの中を丹念に一つ一つのぞきこんでいる。同伴者が展示室のどこかから現われるかと安田は思っていたが、どうやら彼女ひとりのようであった。

2

安田は遠慮してその女性とは眼を合わさないように、なるべく離れて見物の足を動かしていた。だが、雨の日の室内で陰鬱《いんうつ》な陳列品を見ているとき、女性の先客がいたのにはほっとし、窓から一条の光が洩れてきたように思った。

「樺戸集治監配置図」の次は歴代典獄の写真だった。最初の額は卵形の顔に口髭《くちひげ》と頰髯《ほおひげ》とを生やした人物で、将官のような典獄服を着て、胸に勲章をならべていた。明治の古い写真に例外なく見られるようにこの肖像もセピア色にぼやけていた。説明に「初代典獄月形潔」とあった。軍人ではなく内務省官吏だった。

《明治十四年八月、石狩国樺戸郡須部都《しべつ》に樺戸集治監を設置し、翌九月三日に開庁した。北海道集治監は新刑法（明治十三年）の徒刑、流刑の囚徒は之を島地に発遣せしむるの制に備ふる為、所謂《いわゆる》島地監獄設置の目的を以て建設せられたのである。これより先十三年四月、内務省御用掛准奏任月形潔氏監獄位置撰定の命を受け北海道に渡り、胆振《いぶり》、後志《しりべし》、石狩等の山野を跋渉《ばっしょう》し遂に此の地を撰択し、十月允許《いんきょ》を得、冬期中樹林を伐採して建築の準備を為《な》し、十四年融雪の候を期し一気に建築を進め、数カ月にして落成を見るに至つたのである。大正八年廃監となつたが、同敷地跡地名には月形氏の名を伝へてゐる》

戦前刊行の「日本近世行刑史稿・下」（刑務協会編纂）にはそのように出ていた。「樺戸監獄史話」には集治監の完成は二年にわたったといい、「行刑史稿」は数カ月で落成したというが、いずれにしてもこの集治監は緊急な必要に迫られて早急のうちに建設されたのである。そうして「史話」には、中央に送致した「月形典獄の意見書」を掲げていた。

《不肖潔、伊藤内務卿ノ命ヲ奉ジ北海道ニ入リ、集治監設置ノ地ヲ選定スルニ方《あた》リテ私《ひそか》ニ以為《おもえ》リ、浜海ヲ去ル二三里以内ノ地ニ至レバ高草密林一望際涯ナク、復一抹《またいちまつ》隻縷《せきる》ノ炊《すい》烟《えん》ヲ看《み》ズ……》

そのような荒地だが、ここに集治監を置き、囚徒を役使して曠野を開墾し、そして後に耕地を官吏、人民に払下げして土着の人民をふやせば、やがて二、三千町歩の田圃《たんぼ》を耕作するようになる。たとえ集治監を他所に移転することがあっても、月形村の繁昌は永く北海道とともに開明富饒《ふじょう》に赴くに相違なく、ましてや集治監を設置している間はここが石狩河南において北海道第一の都会となるであろう。さすれば往来通ぜずして人家稀少であるよりは、道路交錯して人家増殖せるほうが囚徒の検束上からいっても便利である。こう述べて、

《サレバ、払下耕作法ヲ作《な》サバ、此数算立チドコロニ挙《あが》リ、旧套ヲ守レバ、迂ニシテ且ツ利ナシ、是《これ》北海道集治監ノ目的ハ、開拓殖民ニ在ルヲ以テ、今日ヨリ着々其方向ニ進路ヲ取リ、以テ改良ヲ図ラント欲スル所以《ゆえん》ナリ》

と結んでいた。

これで知られるのは、内務卿伊藤博文が内務省御用掛准奏任月形潔を北海道集治監典獄に任じて北海道に遣ったこと、月形がよくその命を会得《えとく》してまず樺戸に集治監をつくり、囚徒の拘禁だけでなく、囚徒の開墾した農耕地を民間に払下げて人口を集め、北海道第一の都会にしたい理想をもち、その目的に向って努力実行したということである。

だから現在の北海道第一の穀倉地帯の創成のもとはといえば月形典獄ということになる。だからこそ「月形町」の名で町民が彼の功を記念しているのであろう。

そのような月形潔の熱意と努力はわかるとしても、伊藤内務卿は果して月形潔のそのような材幹《さいかん》を見込んで北海道集治監をつくらせ、樺戸の初代典獄に任じたのか、それとも彼の任命には他の異なった目的がひそんでいたのか、これが安田のかねてからの疑念

で、とくに後者にそれが強かった。

うしろでは相変らず低い靴音が徘徊《はいかい》していた。青いコートの一部が二列向うの陳列ケースの間にひっそりと動いては停っていた。女性にはあまり興味をひくとは思われない陳列品だし、さっとひととおり眺めて出て行くのが、どこの展示場でも見られる婦人観覧者の風景なのに、安田よりも前にここに来ている彼女はまだ居残っていた。刑具という陰惨な陳列品が女の好奇心をひくもののようだった。

彼女が旅行者であるのはたしかだった。やはり札幌の観光からこっちへ回ってきたという感じで、どうやら東京の者らしかった。それにしても、このような場所へわざわざ札幌から足を伸ばして、伴《つ》れもなしに見にくるというのはめずらしかった。主婦のようでもあり、独身者のようでもあった。独身だとすればどういう職業か。勤め先はふつうの企業ではなく出版社関係かもしれないが、それにしては身なりが主婦のように整っていて地味だった。

この展示場にはもう一つ別室があって、鉤《かぎ》の手に曲った廊下を突き当った古めかしい入口の上に「元典獄室」の標示が出ていた。広さは六、七坪くらいで、むろん当時の面影はなく、ここも展示室として陳列ケースがならんでいた。察するに、さっきの大きな展示場が監署の事務室で、ここが典獄の執務室だったらしい。二室をつなぐこの廊下に、典獄の決裁の書類を抱えた下僚の姿が浮んでくる。

この第二展示場には、おもに関係文書と囚徒の「作品」とがならべられてあった。「太政官達第拾七號、明治十四年三月十八日」「内務省達乙第拾五號、明治十四年三月」「集治監事務章程　内務號外、明治十四年四月」「公文編年録」「集治監假留監制　勅令第百五十參號、明治二十三年八月」などという文字が、すり切れた茶色の表紙に読みとれる。辞令、寄留戸籍簿もあった。

べつの陳列ケースには囚人作品の針箱、小物入れ、煙草入れ、欄間《らんま》の木彫り、彫刻などがならべられていた。娑婆《しゃば》では職人だった者や器用な連中の作った品々である。北漸寺は囚人の宮大工が建て、正面破風《はふ》造《づく》りの彫刻はさながら芸術作品とある。「樺戸監獄獄舎内部ノ図」は両側にならぶ房舎が「のぞきからくり」の絵のように遠近図法によって奥行を見せているが、房舎の扉は一斉に開くように装置されてあり、この装置の案出者も囚人だった、と説明してある。

その中に極彩色の日本画の写真があった。波間から抜け出て空中へ昇る観音菩薩《ぼさつ》の画像であった。傍に「囚人熊坂長庵作、北漸寺蔵」とあった。真物が展示できないので、カラー写真に代えたものらしい。

説明の札が添えてあった。

《作者は神奈川県愛甲郡中津村生れの画工、熊坂長庵。彼は内国通用弐円紙幣を偽造し、明治十六年に収監された。明治政治史に名高い藤田組贋《がん》札《さつ》事件の贋札は長庵が造った。

彼はこの贋札をもって諸所を漫遊し、遊蕩《ゆうとう》に使ったといわれる（明治十五年十二月十八日、裁判言渡書による）。香山と号し、当集治監を樺戸画窟と称した。明治十九年四月二十九日獄死。篠津《しのつ》囚人共同墓地に眠る》

安田がこの行刑資料館に来た目的は、この観音図を見るためだった。あとで北漸寺へ行って実物を詳細に見ることにはしているが、その前にここへ来て樺戸集治監の雰囲気を知りたかったのである。

「観音図」はふしぎな構図である。左右に天へ捲上《まきあ》がる大きな波頭があり、中間はその逆まく怒濤《どとう》となっている。観音の姿は中央より左寄りに出現しているが、右手に利剣を持ち、左手に宝珠を持つ。この左手の腕は中間に突き出されている。顔は面長で、眉は開き、眼は切長で瞳は下をむいている。鼻梁《びりょう》は尖って、唇はうすく、慈悲の観音の面相ではなく年増《としま》女の人間的な顔であった。

頭がまた奇妙で、宝冠はあってもその正面に擬宝《ぎぼ》珠《し》を飾り、蓮花の花弁とも知れぬものが挿《さ》しこんである。螺髪《らほつ》は山形にもり上がって頂上が二つに割れている。両側の鬢《びん》が髱《つと》のように張り出ているので、この髪形全体が花魁《おいらん》の立兵庫《たてひょうご》のように見える。前額の生え際《ぎわ》はぼかしてあるので、禿げ上がっている感じだ。両耳の上に鬢のほつれのような垂髪が虫のようにからみ、耳飾が下がっている。この頭と顔の背後に満月のような円光がある。

身体の右半身は裸形《らぎょう》で、頸に三道《どう》（頸部にある三筋の輪）がなく、上腕に白布を巻き、絞ったその先が白バラのような形をしている。こんな臂釧《ひせん》は見たこともない。右の腕釧《わんせん》の先から瓔珞《ようらく》のようなものが下がっているふしぎさ。片肌にまとった衣文《えもん》が奇妙で、白衣に黒の条帛《じょうはく》がからみ、その幅広の先端は旗のように翻《ひるがえ》ってみえる。裳《も》は襞《ひだ》をつけて長い裾が流れ、その先端が波間に消えている。

全体のプロポーションがまったくなっていない。画は儀軌を無視しているというよりも無知で描いたとしか思えず、両手の利剣と円珠は密教の六字天像がこの画工の頭のどこかにあったものか。六字天像は六臂で、うち二臂が利剣と円珠をもっているからである。彩色は淡い青と褐色のぼかしだが、全体の稚拙は掩《おお》うべくもなかった。

要するに描写力のない素人《しろうと》が、粉本《ふんぽん》のないままに我流《がりゅう》で描いた仏画らしきものというよりほかなく、安田は呆れた思いで、手提鞄を持ったまま立ちつくした。

というのは、ある関係書にはこの画についてこう解説してあったからである。

《これは波間から抜ける女仏の化身を描くもので、その構図画想は実に幽幻霊妙、静止のうちに少女とも老母とも見える変化を示すものである。その眼光は二つの黒点によって刻まれ、不思議な妖気を漂わせ、虚無をさまよう人間の業《ごう》にひしひしと胸迫るものがある。やはり長庵はただ者ではない》

――このとき、テープの場内アナウンスがはじまった。

「みなさま、本日はようこそ、この北海道行刑資料館へお出で下さいまして、まことにありがとうございます。ただいまより、この行刑資料館の概要のご説明を申しあげます。……」

新しく入館者があったようだった。

3

熊坂長庵といえば、講談などで有名な平安時代の野盗熊坂長範《ちょうはん》の名とまぎらわしい。熊坂長範は京都の豪商が陸奥《みちのく》に下るとき、その持っていた大金を奪おうとして手下を大勢ひきいて美濃国青墓《みののくにあおはか》の宿に押し入り、豪商一行を殺傷して財物を掠《かす》めた。が、この大賊も牛若丸のためについに斬り殺されたというのである。幕末には芝居にもなって、明治のころは熊坂長範の話がひろく知られていた。

が、熊坂長庵は、明治十六年十月二十四日、伴正臣裁判長の判決書にもあるとおり、相模国《さがみのくに》愛甲郡中津村十七番地に本籍をもつ実在の人物で、十五年に捕まったときは数え年三十九歳であった。判決書には「平民画工」とあるけれど、じつは中津村小学校の初代校長であった。

それが贋札づくりとして彼が東京警視庁に逮捕されたのは、藤田組の汚職事件捜査の延長線上に起った別箇の贋札事件からである。

藤田組贋札事件というのは、すこし詳しい百科事典の「藤田組」の項に出ている。《藤田組は、藤田伝三郎（一八四一―一九一二）が明治十四年に従来の商社を組合組織として改組したもの。伝三郎は長州萩に生れ、幕末には長州藩の志士とともに国事に奔走した。維新後、大阪に移り、軍靴製造をはじめ土木建築業・鉱山業などを営み、関西財界に重きをなしたが、十二年にいわゆる贋札事件が起った。近畿地方を中心に各府県から贋造紙幣（二円札）が多く発見されたことから、藤田組の急激な発展はこの贋造紙幣を行使したからだという噂が流れ、東京警視庁は伝三郎に嫌疑をかけて、その番頭らと共に逮捕、東京に護送して厳重に取調べた。ときの大警視（のちの警視総監にあたる）は薩摩藩出身の川路利良であった。

この事件は、藤田家の事業の急激な隆盛と藩閥政府官僚の腐敗が憎まれていたために政治問題化したが、事件そのものは、熊坂長庵なる贋札製造犯人の逮捕によって、藤田組と関係がないことがわかり、その後事業はますます拡張されていった》……

およそのところはこういうことだが、藤田組贋札事件の顚末を伝えたものでは、戦前、大審院検事をつとめた司法官でもあり、明治文化研究家でもある尾佐竹猛《おさたけたけき》の「藤田組の贋札事件」（「明治秘史・疑獄難獄」所収）がいまのところ最も信用のおける文献となっている。

安田もじつはこの尾佐竹論文を精読してここに来ていた。熊坂長庵筆「観音図」の前に立っていても、その論文の一節や部分が頭に浮んでいるのだった。

《熊坂長庵は贋造紙幣八百十五枚と、贋造用の器具とを自宅から押収されて居る。この男は明治十年の博覧会に銅版画の出品をして居るくらいであるから、其の道の心得はあったのである》

熊坂長庵が逮捕される前、藤田伝三郎の捜査を行なったのは川路大警視の命をうけた中警視安藤則命《そくめい》であったが、そのきっかけは二つあった。まず明治十一年の暮から、京都、大阪、兵庫、岡山、熊本、鹿児島の各地方からの納租中にたびたび贋造紙幣が発見された。

《その製造が精巧で（紙幣の模様となっている）蜻蜓《とんぼ》の足が一本足らぬだけの差で容易に真贋の区別がつかぬ二円紙幣であった。当時の噂では四百倍の顕微鏡で見て、はじめてこれを発見することが出来るというのであったが、四百倍にも拡大すれば、蜻蜓の足だか何だか解らなくなるではないかと思うが、当時はこんな噂も真実と信ぜられていたほど、いろんな宣伝は行なわれたのである》……

「なお、この建物は現在、北海道文化財として、指定を申請しております。みなさま、樺戸集治監は……」

あとからの入場者のためにアナウンスは館内につづいている。

——藤田伝三郎逮捕のきっかけの第二は、東京警視庁が藤田を内偵中に、藤田から不行跡の理由で解雇された元手代の木村真三郎という者が、藤田家の内情と称する「実地録」なるものを書いて、警察官にさし出したのである。これが藤田組事件第一の証拠となった。

《その大要は、藤田伝三郎は、長州閥の大官井上馨《かおる》と謀《はか》り、井上は欧洲巡遊中、仏、独二国に紙幣を贋造せしめ、明治九年十月これを井上参議御用物として日本に送り越した。自分（木村）は舶来の函中に確かに青紙幣のような物あるを見た。また贋造紙幣の一部分が反物《たんもの》に巻込みあるを実見した。自分が長崎出張中にいまだ世間に通用せぬ新紙幣数万円を取扱った。この秘密は伝三郎の甥《おい》なる藤田辰之助及び手代新山陽治より、十年十一月中、藤田組大座敷の次の間にて聞いた》

——館内にはなおも案内の声がつづいている。

「三十九年間、数多くの凶悪犯が、入れかわり立ちかわり収容されていました。強盗の常習犯で脱獄の名人、五寸釘の寅吉をはじめ、情婦を同伴して樺戸下りをした明治の鼠小僧の根谷新太郎、巧妙な偽札つくりの画工熊坂長庵……」

するとと突然、そのテープの女の声が、ぐ、ぐぐという奇妙な音を立てて熄《や》むと、かわりに肉声の高い絶叫が起った。

「やめろ、やめろ。あれほど云ってもわからぬか！」

これは男のナマの怒声であった。

「熊坂長庵先生は、絶対に贋札犯人ではない。立派な教育界の先覚者だ。贋札犯人にさせられたのは無実の罪だ。明治藩閥政府の陰謀だ。あれほど手紙で再三云ってやっているのに、まだこんな嘘をテープで流している。今日、わざわざ九州から様子をここに見に来たが、案の定、熊坂先生を強盗や海賊どもといっしょくたにして放送している。もう、そのテープから熊坂先生の部分を削れ、改めて吹きこみ直せ！」

聞き耳を立てるまでもなく、怒鳴り声は受付のあたりからであった。

これに受付の若い女の声が何か云っているが、激しい抗議の前に、むろん圧倒されていた。

「館長を呼べ！」

男はなおも云い募《つの》っていた。声は嗄《しわが》れていて、かなり年配に思われた。館長は留守だと聞いたのだろう、では責任者をここへ呼べ、町長か町の教育委員長を呼べと云っていた。樺戸行刑資料館が月形町の町営だったのを安田は思い出した。

男の言葉からすると、彼はここを何度か訪れているらしかった。それも九州からわざわざ来ているようである。贋札犯人熊坂長庵を「熊坂先生」と呼んでいるのも奇異であった。

責任者がすぐにはやってこないのか、それとも受付の女子係員だけでは仕方がないと男が諦めて昂奮が鎮《しず》まったのか、あとは声がぱったりと熄《や》んだ。

すると、二分と経たないうちに、木造の廊下を踏んで来る高い靴音が聞え、この第二展示室の入口に一人の男が現われた。彼はここには誰も居ないと思って来たらしく、安田の姿を見ると、一瞬どきりとしたように足を停め、とまどった様子で安田に目礼した。

男は背は低いが肩幅が広く、頑丈な体格をしていた。短い髪は半分以上白く、その四角な赭《あか》ら顔をきわだたせた。眼はまるく、鼻は扁平で、厚い唇との間には白くなった短い口髭があった。洋服はかなり着古したものだった。

彼はまっすぐにガラスケースにすすむと、観音図の写真の前で両脚を揃え、ポケットから数珠《じゅず》をとり出し、頭を垂れ、手を合わせて、念仏を呟きはじめた。それは観音菩薩だからではなく、筆者の熊坂長庵の霊に向っているのはあきらかだった。

安田が遠慮して部屋を出て行こうとすると、男は顔を上げて呼びとめた。

「ごらんください、この画の素晴しさを」

彼はいきなりガラス貼りの中のカラー写真を示して云った。

「まるで観音さまが幽玄の中にお姿を現わされて輝きを放っておられるようじゃありませんか。その輝きも、金色《こんじき》の光明ではなく、月光の神韻縹渺《ひょうびょう》たるものです。どうです、このお姿のご立派なことは。画家の精神が純粋でないと、こういう芸術作品はとうてい描けるものではありません」

安田はいっしょに観音図を眺めてうなずいた。感想はまったく違っていたが、もとより異議を挟む場合ではなかった。

「どうです、この波の描写のすさまじさは。まるで怒濤の響きが聞えてくるようじゃありませんか。さかまく波浪はこの世の波乱をあらわしています。それは長庵先生の生涯なんですよ。この波を切って雲間に出現する観音菩薩は長庵先生を象徴しています。賦彩にしても申しぶんがありませんね。これは世俗的な名声を得ているだけの専門画家には絶対に描けません」

男の最後の言葉が、安田には救いになった。

「この画を描いた人は、専門画家ではないのですか？」

安田は、彼にむかってのはじめての言葉を質問にした。

「専門の画家ではありません。熊坂先生は教育者なんです。神奈川県愛甲郡中津村という所の、初代の小学校長でした。ここに囚人画工熊坂長庵と説明の標示が出ていますがね。それは先生を無理やりに贋札の銅版画を彫刻したことにするための策謀なんです。判決文からして、神奈川県平民画工・熊坂長庵と書いていますからね」

このとき、部屋の入口に低い靴音が聞えた。さっきの青いコートの女性であった。安田ははじめて眼を合わせたのだが、彼女は眼もとと口もとにつつましやかに微笑をうかべ、軽く頭をさげた。そこに安田ともう一人の男がいるので、ここに入ってくるのも躊《ため》いがちだったが、隅のほうに立って陳列ケースに見入っていた。

だが、彼女がこの第二展示室に入ってきたのは陳列品を見るためではなく、あきらかに闖入《ちんにゅう》した男の話を聞くためであった。その証拠に、彼女の脚はすこしもそこから動かなかった。

さっき、受付でテープのアナウンスに怒鳴ったことといい、ここで安田相手に大きな声で、長庵先生は紙幣贋造犯人ではない、あれはまったくの冤罪《えんざい》だと演説をぶちはじめたので、彼女もそれに興味を起したらしかった。

男は、ちらりと女性の横顔に眼を走らせたが、新しく「聴衆」が一人ふえたと思ってか、その弁舌は前よりは勢いづいた。

「いいですか、長庵先生が神奈川県愛甲郡中津村の初代小学校長だというのは、わたしが勝手に云っていることではありませんよ。藤田組贋札事件について出鱈目《でたらめ》なことを書いたかの有名な尾佐竹猛氏すら、その事実を認めています。これは昭和十六年六月に発行された学術雑誌『明治文化』第十四巻第六号の中での尾佐竹氏の論文です。題して『熊坂長庵の建白』とあります」

彼はコピーしたものを振りかざした。

「この建白書は、『明治二年五月、相州愛甲郡熊坂村の熊坂長庵から左の建白書があった』という書き出しで、建白書の内容が出ていますが、候文《そうろうぶん》で読みにくいですから要旨をいうとこういうことです。この土地は僻村《へきそん》で、病院がなく、窮民が病気になっても死に到る者が多く、田舎の医者も医術が拙劣でこれを救うことができない、よって維新後の御一新につき御仁恤《じんじゅつ》をもって東京府が病院と貧院など御取立に相成りたしと建白したものです。つまり長庵先生は今でいう無医村に公費の慈善病院を建立《こんりゅう》されたし、と請願されているのです。まことに立派なものです。長庵先生は、中津村ではいまでも教育者として慕われているのです」

男はひと息ついて云った。

「ところがこの建白書を雑誌に紹介した尾佐竹氏はまことに怪しからぬことを書いています。そこを棒読みに読んでみますから聞いてください。……この建白者の熊坂長庵こそ、後年天下を騒がした藤田組贋札事件の真犯人なのである。この男、本来は医者で、はじめは右の如く真面目な建議をしたほどであったが、その後に、銅版術を学び、明治十年の第一回内国勧業博覧会に出品している。鑑査の結果は技術拙劣のため、あまり好評ではなかったが、かかる技術から遂に贋札を思いついたものとみえる。藤田組贋札事件については拙著『明治秘史・疑獄難獄』に記述している。私はできるだけ冷静に公平に書いたのであるが、事件当時の世評は、藤田伝三郎が贋造したに相違ない、しかるにその藤田が無罪となり取調べた安藤中警視が免職となったのは、政府の干渉からであり、それどころか、その指揮官たる大警視川路利良は毒殺せられ、世間体をごまかすために、熊坂長庵なんて人をバカにした芝居の泥棒みたいなワラ人形をこしらえたという途方もないことが、確定事実の如く取沙汰されたのであった。今でも多少これを信ずる人もあるのであるが、右の建白を見ても熊坂氏の実在の人間であることが知れる。同氏の名誉のために、ここにこれを掲《かか》ぐるの光栄を有するのである……」

男は嗄れた声で一気に読み終ると、咽喉仏を動かして唾を呑み、口のまわりを舌で湿した。

「なにが同氏の名誉のためですか。長庵先生を贋札事件の真犯人と書き、おぼえた銅版技術から贋札づくりを思いついたなどと嘘八百を書いておきながら、なんということですか。尾佐竹氏は『疑獄難獄』で藤田組贋札事件をできるだけ冷静に公平に書いたと云っているが、とんでもないことです。第一、長庵先生は医者でもなんでもありません。ろくに長庵先生のことを調べもせずに、判決文を唯一のよりどころにして一方的に贋札事件の真犯人だときめてかかっているのです。判決文を頭から信用するところは、やっぱり大審院検事上りですよ」

男は、口をきわめて著名な明治文化史研究家を罵った。

4

安田はひと区切りついたところで、その初老の男に云った。

「ぼくも、尾佐竹さんの書いた藤田組贋札事件には疑問や批判を持っています」

相手は、あとの言葉を引込めて、安田の顔を大きな目玉で見つめた。

「おお、あなたもですか?」

「ぼくは、いわゆるノンフィクションものをおもに手がけているもの書きです。気どっていうと、ルポルタージュ文学というんですか、それほどたいそうなものは書いていませんが、とにかくこういう者です」

安田は名刺をさし出した。

「やあ、どうもありがとう。ぼくはこういう者です」

男は、洋服の内ポケットから博多織製の名刺入れを出して一枚を抜いた。

名刺には「福岡県立赤井高等学校長　伊田平太郎」とあった。ただその肩書の字には一本の線がボールペンで引いてあった。

「校長を去年の暮に停年退職しましてね。まだ新しい名刺を造ってないものですから」

伊田平太郎という人物は、ややはにかんだ表情になって云った。名刺の住所も宗像《むなかた》郡赤井町とあった。

「失礼ですが、熊坂長庵さんに由縁《ゆかり》のある方ですか?」

安田はもらった名刺を収めていった。

「はあ。生れが神奈川県愛甲郡中津村でしてね。小学校はその土地でした。その後は父親が役人だったものですから方々に移りましたが。しかし、生れ故郷の大先輩熊坂長庵先生をあんなふうに贋札犯人と放送されてはたまったものじゃありません。わたしは所用で東京に出てくるたびに北海道まで足を伸ばしてこの行刑資料館に来るんですが、そのつど館長に抗議しています。けど、お聞きのようにまだテープから長庵先生のことを削っていない。で、つい、嚇《かつ》となって受付の女の子に大きな声を出してしまいました。どうも、年甲斐もなく醜態を演じました」

停年退職したばかりの九州の高校校長は、白髪の目立つ頭へ手をやるしぐさをして、うしろで歩くでもなく佇《たたず》むでもない様子でいる女性観覧者にくるりとむかって、

「わたしはこういう者です。ここでお目にかかるのも何かのご縁でしょうから」

と、新しく名刺をさし出した。

青いコートの女性は、これが不意だったので、いくらかどぎまぎしたふうだったが、

「おそれいります」

と、ていねいに腰を折って、名刺を押しいただくように受けとった。彼女は名前の横

に入った住所のこまかい活字に見入ったが、すこし近視らしく眼を細めていた。そういえばその眼は切長で、眼蓋《まぶた》が厚ぼったかった。

「わたくしは、神岡と申す者でございます。あいにくと名刺を持っておりませんので失礼します」

彼女は顔をあげて云った。

安田も前校長の動作にならって名刺を彼女にさし出した。

彼女は口の中で礼をいい、神岡と申しますと前校長に云ったと同じ挨拶をしたが、それは先刻からこの資料館でいっしょになって、はなればなれで陳列棚の前を歩いていたことを意識しての、前校長よりは安田にいくらか親しみのある態度であった。いままでは互いに知らぬ顔をしていたが、その窮屈さがこの挨拶でやっと除《と》れたという微笑がそこにあるのだった。近くで見ると彼女は美人ではないが、好感がもてた。やはり背はすらりとして高く、前校長のずんぐりとした身体がよけいにそれを引立たせた。

彼女は姓を云っただけで、どこに住んでいるのかは告げなかった。たぶん東京から札幌に観光にきてここへ回ったのであろうという安田の想像に変りはなかったが、主婦なのか職業をもつ婦人なのかはわからなかった。が、相手から名刺をもらえないからといって、それを無遠慮に訊くわけにはいかなかった。

もしかすると彼女は名刺を持っているのかもしれなかった。そうだとすれば、いわば行きずりの男たちにはめったに名刺を与えない彼女の心がけのようなものがうかがえた。

「安田さんは」

前校長の伊田平太郎は、名刺でおぼえた名をさっそく呼びかけた。

「長庵先生について尾佐竹氏の書いたものに疑問やらご批判があるとうかがって、たいへん心強く思いました。安田さんのそのお考えをぜひ承《うけたまわ》りたいものです。ですが、わたしの考えを申し上げない前にそれをおうかがいするのは礼を欠くと思いますので、まず愚見を申し述べさせていただきましょう。いいでしょうか?」

「拝聴したいものです」

安田は云った。

「神岡さんもごいっしょに聞いていただけますか?」

伊田平太郎は、女性を見た。

「はい。ぜひ、うかがいたいですわ」

つきあいで云っているのでないことは、彼女のその表情でわかった。もともと一人でこの刑具をならべた展示場に来ているくらいだから十分に興味がありそうだった。彼女の顔は知的にみえた。

「ありがとう」

伊田はまず礼をいった。じっさい、彼は自己の考えを他人の前で述べる機会を得て、話し出す前から表情に昂奮を現わしていた。

「われわれの話し合いは長くなりそうですから、あそこの長椅子にゆっくりとかけましょう」

伊田は云って自分から参観者用の長椅子へ歩み寄って腰を下ろした。

「しかし、間もなくこの資料館の関係者がここへ来ませんか？　伊田さんがさきほどだいぶんやかましくおっしゃったので、館長とか教育委員長とか、それに町長も駆けつけてくるかもしれませんよ。そうすると、ゆっくりとわれわれの話はできなくなりますが」

皮肉でなしに安田は伊田に云った。

「なに、来るもんですか。連中は、わたしが再三ここに来ているので、煩《うる》さいと思って敬遠しているんです。まだ十一時ですからね、ここでゆっくりしましょう。それに樺戸集治監典獄室で、長庵先生作の観音図を拝みながらお話しできるのはたいへんに意義があります」

前校長をまん中に、安田と神岡という女性とがその両わきにかけた。

窓の外はうす暗く、雨の音が聞えていた。展示室は、蛍光灯が陳列ケースのガラスを凝然と光らせているだけで、物音もしなかった。この樺戸行刑資料館は参観者がたいそう少なく、どうかすると、二、三日つづけて一人の入場者もないことがありそうであった。

伊田平太郎が長庵作の観音図をひどく尊敬している様子に安田は困ったが、いまは黙っているほかはなかった。観音図は見れば見るほど素人の画であった。安田はそれから眼を逸《そ》らせて、横にならぶ古記録の文字を眺めていた。「太政官達第拾七號」「内務省達乙第拾五號」「集治監事務章程」——

「わたしが長庵先生が冤罪というのに確信を持つのは、その人格からです」

伊田は話し出した。

「明治二年に早くも東京府当局に対して中津村、当時の熊坂村に無料診療所と施療病院を建ててほしいと建白書を出しているのはさきほどお話ししたとおりですが、全国ではおそらくその種では最初の建白でしょう。この一事をもってしても、長庵先生の人道主義、進歩性、高邁《こうまい》な人格が分ろうというものです。わたしの幼いとき中津村の故老《としより》はみな長庵先生の遺徳を偲《しの》んでいましたよ。小学生のとき長庵校長から教えをうけたという親の話を聞いたのがいましたからね。わたしも教育者ですから、長庵先生の事蹟を調べましたが、わが郷土の教育界の大先覚者だとわかりました。わたしの長庵先生冤罪説はすべてこの人格論から出発しています。これがいちばん肝要なところです。この確信をもつことがね。いったんその信念をつかむと、藤田組贋札事件の記録の矛盾や、長庵先生の判決書がいかに造りごとであるかということや、尾佐竹氏論文の不備な点が次から次へと眼の前に現われてくるんですよ」

「そうですね。ものごとを探究するには、その確信が必要です。そうでないと表面《うわべ》の現象に振りまわされて、ほんとうのところが見えなくなりますね」

安田は云った。

「おっしゃるとおりです。まったくその通りです」

伊田は大きくうなずいた。

「それで、長庵さんの履歴というのはどの程度わかっているのですか」

「熊坂村には熊坂という姓が多いのです。なんでも昔は平家の落人《おちうど》がきてつくった集落だといわれていますがね。長庵先生の家は、その中でも素封家《そほうか》なんです。明治五年の学制発布で中津小学校ができ、長庵先生は二十九歳で初代の校長になっています。明治九年に辞職されるまで足かけ五年在職されていたわけですね。熊坂村では幕末に儒者の私塾ができて代々つづいていますが、先生はその塾に学び、愛甲郡教育界の主流にいた秀才だったわけです。画の才能はそのころからあったようです」

前高校校長は、こう話しながら、また観音図に眼を遣った。

「長庵先生は京に一時出て画を習ったという話が伝わっていますが、はっきりしてないですね。たぶんちゃんとした師匠にはつかなかったのでしょうね。それだけ天賦の画才があったわけです。二十三歳で土地の娘さんと結婚してから、二十九歳で校長となるまでの六年間、村をはなれていますが、その間は諸方を旅していたようです。長崎に行っていたという話もあります。だが、そこから熊坂長庵は本来は医者だったという尾佐竹氏のデタラメな説がつくられるわけですね。長庵先生と医者とはなんの関係もありません」

伊田は話にひと区切りつけた。

「判決書には、長庵さんを『平民・画工』としてありますが、職業的な画家ではなかったのですね？」

安田は念を押した。

「画は趣味です。判決書が『画工』としているのは、先生を贋札の銅版を彫刻した犯人に仕立てるためです。画を描くのと、銅版彫刻とはまるきり違います。銅版彫刻は年季を入れた職人でなければ彫れません」

「そのご意見にはまったく賛成です。ぼくもそう思います。ところが、長庵さんは明治十年の勧業博覧会に銅版画の出品をしているくらいだからその道の心得はあったのだ、と尾佐竹さんは『疑獄難獄』の藤田組贋札事件で書いていますね」

「そこがおかしいんですよ。長庵先生が勧業博覧会に銅版画を出品したという記録や証拠はなにもないのです。尾佐竹氏はさっきわたしが読み上げた『明治文化』で、その出品作は鑑査の結果、技術拙劣のためにあまり好評でなかった、と書いています。してみるとこれは鑑査の結果落選したとみなければなりません。落選なら記録に残らない。逆にいえば、記録がないから博覧会に出品したなどと口から出まかせなことが書けるんです。尾佐竹氏はつづいて、『長庵はかかる技術から遂に贋札を思いついたものと見える』と書いていますが、技術拙劣な腕で、精巧な、四百倍の顕微鏡で見てはじめて文様のトンボの脚が一本足りなくて三本だとわかるような、そんな精巧な贋札の銅版がどうして彫れますか。尾佐竹氏の書いていることは矛盾も甚《はなは》だしい暴論ですよ」

「あなたの云われることに、ぼくも同感です」

安田は云った。

「ありがとう。ご賛成を得て、わたしもうれしいです」

伊田は、いかつい顔を崩した。

「長庵さんも銅版の技術をいくらか習得したことはあるらしいですね」

「なんでも東京に出て銅版彫刻師について二、三カ月ぐらい彫刻の手ほどきをうけたことはあるらしいです。進取の気性に富んだ人ですから、いろいろなことに好奇心や興味を持っていたようです。それがかえって災いの因《もと》になったのです」

「長庵さんはこの樺戸集治監の獄中から大審院に出した上告書の中でも書いていますね、『銅版鏤刻《るこく》ヲ学ビタル僅カニ二十日間ニテ、印刷ノ術肉製法等他ニ学ビシコトアルニアラザレバ紙幣偽造ヲ為シ得ベキ事ニアラズ』とね」

こんどは安田が話し手になった。

「この肉製法というのは印刷インキの製法のことでしょうが、じっさいその云うとおりで、二十日ぐらい銅版彫刻を見習ったところで、紙幣贋造ができないことは子供でもわかっています。やはり、川路大警視や安藤則命中警視などが藤田組汚職事件摘発に失敗したのを、一市井人の熊坂長庵に罪をきせて決着をつけた政治裁判ですね。それは藤田組と腐れ縁をもち、金にきたない参議兼工部卿井上馨を長閥のために擁護した伊藤博文内務卿や山県有朋参議兼参謀本部長の圧力によるものと思います。当時の大蔵卿は薩閥に近い肥前の大隈重信ですからね、藤田組贋札事件は、薩閥と大隈の陰謀だと長閥の大官連中は取ったわけでしょう」

「そのとおりです、あなたの云われるとおりです」

中津村出身の前高校校長は、これに涙ぐんだような眼でうなずいた。

安田がふと見ると、青いコートの女は手帖にメモしていた。

5

藤田組贋札事件は、尾佐竹猛「明治秘史・疑獄難獄」のほかに「世外井上公伝」（井上馨侯伝記編纂会）第三巻に出ている。伝記ものの常として主人公を偉大な人物に仕立てているが、ことこの事件に関してはわりあいに客観的に叙述している。その「贋札誣《ぶ》告《こく》事件」が七十ページにもわたって詳密に記されているのは、題名が示すように井上を弁護するための饒舌でもあった。井上馨は曾《かつ》て大蔵大輔在任中に秋田県尾去沢《おさりざわ》銅山を山主の村井茂兵衛から強引にとりあげて大蔵省に没収し、その後で自分の所有にした前科がある（このとき井上に協力したのが大蔵少輔渋沢栄一であった。ことが表沙汰になって渋沢は退官して、実業に専念して、第一国立銀行を設立した）ので、井上が藤田組との密着関係を世間に疑われても仕方がなかった。——

藤田組の経営は、藤田伝三郎と中野梧一とで行なわれていた。中野は長いあいだ山口県令をしていたが、明治八年十二月に県令を辞して藤田組に入ったのである。藤田組は西南戦争前後からその営業が急激に膨張したが、これは長州出身の伝三郎と元山口県令の中野とが、伝三郎と友人関係にある伊藤・山県・井上ら長閥の大官と結託したための営業発展と世間の眼には映っていた。とくに自由民権運動家が藤田組の急激な発展の裏には長閥顕官との醜関係があると唱えていた。

自由民権運動を取締っていた川路大警視は、かれらの口からこのことを聞き、その実否を確かめるために佐藤権大警部に探偵方を命じた。佐藤は部下を使って藤田組を内偵した結果、浮説のような事実が伏在していることを報告した。

そこで川路は、充分な確証を挙げて国家の弊害を除かねばならぬとして、非常な勢いで新たな探索の指令を中警視安藤則命に与えた。その指令には、藤田組と商売仇の者や藤田組をしくじって追い出された者を引入れて情報をとるのが早道であるとあった。

この警視庁の捜査は、大阪府警察部には何ら報らせることなく極秘裡に行なわれた。というのは、ときの大阪府知事渡辺昇が藤田伝三郎にべったりで、渡辺府知事はまるで藤田組の番頭のような観があり、渡辺知事らによる捜査の妨害を懸念《けねん》したからである。

当時、第一国立銀行で二円の贋造紙幣が発見された。それは従来の贋札とは異なり、その真贋を容易に判別できないほど精巧を極めたもので、同行はこれを大蔵省に届け出た。そのころ同種の贋札がぽつぽつ発見されたので、大蔵省では同贋札がかなり多く出まわっているとの見込みで、一般民衆に注意をよびかける沙汰を公布すべきか否か迷ったが、その公布がかえって紙幣に対する疑惑を起させるのと、犯人捕縛の手がかりを失うのとの二点を考慮して、公布はせずに、極秘に探偵することにした。そこで、大蔵省出納《すいとう》局長伊藤武重は、印刷局長得能《とくのう》良介の鑑定書を得て、十一月二十七日にその犯人捕縛のことをひそかに川路大警視に依頼した。川路はこの贋札探偵主任を佐藤権大警部に命じた。なお、そのとき得能印刷局長は、贋札の流布《るふ》は関西地方に多いことを川路に云った。

安藤中警視は得能局長の内談を信じ、翌十二年一月に佐藤・奥村両権大警部を京阪地方に出張させ、藤田組商法不正事件とともに、贋札の出処を探索させた。この時点では、藤田組の不正内偵と、贋札出処内偵とは、別箇のものだった。

佐藤らは京阪に滞在し、一月から三月まで贋札犯人の探偵に専従したが、その効果は上がらなかった。そこで、この贋札が他の府県にも散布しているかどうか、全国の融通状態を探知しなければその出処を探すことは困難だと考え、四月に入って帰京して、安藤中警視に全国捜索の意見を具申した。

安藤はこの意見を大隈大蔵卿に進言してその許可を得た。そこで安藤は得能印刷局長、綿貫《わたぬき》権中警視と共に捜査会議を開いた末、奥村権大警部は東京以北の諸県と函館地方を、本田親利中警視は九州の各県を、佐藤権大警部は東海道、京阪、四国、中国などの諸県を、それぞれ担当して出張取調べをすることになった。

安藤則命中警視がこの捜査の総指揮をとったのは、川路大警視が去年の暮十二月二十八日に、警察制度取調べのために欧州へ出張したからであった。これは当時政府が懸案としていた条約改正に備えて警察機構などの刷新を行なうについて先進国のそれを参考とするためだったが、折が折なので、一部の間では、川路の洋行は硬骨漢の彼を海外に出して藤田組事件をうやむやにしてしまう策であるとか、あるいは川路は贋札の証拠を得るために欧州へ向ったとか、の説が行なわれた。はじめ日本の紙幣は政府がドイツの印刷会社に依嘱して印刷し、これを送らせていたが、のちには契約によってその銅版を引渡させ、ドイツ製の印刷機械や付属の器具なども購入して、大蔵省印刷局で印刷していたのだった。よって川路のドイツ視察も警察制度調査の目的のほかに贋札の証跡を得る期待があったであろう。

その川路はパリ滞在中にかねての肺患が昂じ、帰国のインド洋上の船中に没した。川路がドイツで贋札と藤田組との関連で証拠を握ったため、長閥の回し者に毒殺されたのだという臆説がこれから生じた。

川路大警視は明治十二年三月上旬にパリに着いたが、往路の船中ですでに病を発していた。パリ着後は、馬車を駆って郊外の見物に行ったのはただの一回だけで、ホテルに引籠《ひきこも》ってばかりいた。サンジェルマンなどに転地療養したこともあったが、病勢はすすんだ。おそらく喀血《かっけつ》がつづいたのであろう、重態の模様がみえたので、主治医をはじめパリ駐箚《ちゅうさつ》の鮫島《さめじま》公使、高島中将などが帰朝をすすめた。警察制度の調査ももっぱら随員らがパリ警察当局について行なった程度だった。

川路は欧州警察制度取調べの任務だから、当然にイギリス、ベルギー、ドイツなどの各国を回る予定だった。ドイツでは日本紙幣の製造を委託していたフランクフルトのナウマン印刷会社に寄って贋札一件の調査をするつもりだったかどうか、さだかでない。またたとえその予定があったとしても、病気でパリから動けずにいた川路には実行できず、随員らもまた彼の看病に釘づけであった。川路は遂に帰国を希望するようになり、八月二十三日、鮫島公使らに見送られてパリ駅を出発して、マルセーユに向った。船中すでに昏睡状態に陥っていた（「大警視川路利良君伝」）。されば毒殺の噂はまったく事実無根であった。

さて、川路の留守中に安藤中警視が大警視の事務取扱を命じられ、安藤は藤田組事件と贋札事件と両方の捜査に鋭意力を注いだのだった。七月に入ると、佐藤・奥村両権大警部と本田中警視は全国の調査をほぼ終って京都で会し、贋札流布の状況について協議した。

そのとき、佐藤が発見し得た贋札は、大阪府十八枚、堺県八枚、滋賀県六枚、和歌山県一枚、愛知県二枚、高知県三枚、岡山県五枚、広島県十三枚、神奈川県四枚、三重県一枚という数であって、総計六十一枚であった。そのことごとくが二円札であった。愛知県二枚の贋札が神奈川地方から流入したという以外は、いずれも大阪地方の取引先から伝わっているという調査結果であった。

奥村・本田両名の探索は、佐藤ほどの成果は得られなかったが、それぞれ若干枚の贋札を発見し、これまた大阪地方から流入したというのが多かった。

とにかくこの三人の調査によって全国になお数百枚の贋札が流布されており、その出所は大阪地方にあるというのが佐藤権大警部の推定であった。けれども半年を過ぎても、贋造紙幣探索は進まず、依然として足踏み状態であった。安藤中警視は焦慮していた。

二円紙幣は、表の意匠が中央上半部に鳳凰《ほうおう》二つが対《む》い合って六角の長方形を囲い、その六角形はベタ地に「金二圓」の文字が白抜きになっており、中央下半部は竜二匹が対い合って半円連鎖形を抱き、その中は連続三角形の複雑な地紋となり、その上に朱赤色で「明治通宝」と行書体《ぎようしよたい》の文字が載っている。これが主要文様であって、中央最上部十六弁の菊花紋、それにつながって左右に連鎖文様が垂れて最下部は竜の末尾に到ってい る。左右の連鎖文様は円形で、上方には「大日本政府大藏省」の文字が篆書《てんしよ》体で表わされ、下方は菊花と桐花とが交互に浮き出ている。四隅にはこれまたぎざぎざの縁どりのついた円形に「二」の字と、その上下に割って小さく「TWO YEN」の英字とが白抜きとなっている。それぞれに地紋があって、まことに装飾過多の煩瑣《はんさ》な意匠である。これが黒色に近い濃藍色で刷られてある。左上部に「出納頭《すいとうのかみ》」の割印が半分出ている。別に全体の地紋がうすい藍色で敷かれ、この文様も方形連続であり、中に「二」と「2」の字が散らしてある。

裏面の文様は褐色のうすい地紋が全体の下地となっている。中央部の上と下とに大きな円形がならび、その円形は重圏で、内側は、「二」と「TWO YEN」の文字をかこんで菊花八つが囲んでいる。外側は「金圓」の文字と帆立貝とが花模様にならんでいる。帆立貝の意匠は中国古代で貝が通貨だったことに因《ちな》んでいるらしい。

中央部左右の円形の中には孔雀《くじやく》が対い合って円形の中で羽根をいっぱいに拡げている。以上の主要な図柄をさらに囲む複雑な紋様があるが、中は雀で、外縁には六匹の蜻蜓《とんぼ》が羽根をひろげてとまっている。脚はほとんど見えない。

そして中央には大きな円形の朱印がある。中に「大日本帝國政府大藏卿」の文字が篆書体で、二行にならび、外周は卍《まんじ》模様、中は唐草、二行の文字の左右に菊花紋がすわっているが、これは十六弁のふちどりが厚いので、あたかも円形ベタ地に菊花が浮き出ているように見える。

また、濃い藍色で左上部に「記録頭」の小判形印鑑の割印下半分が出ており、「録頭」の二字とその縁どり紋様がある。上辺と下辺に「はて　五七二五」など、いろは記号の二字の組合わせと番号とが入っている。

これは明治政府がドイツのフランクフルトにあるビー・ドンドルフ・シー・ナウマン会社に製作を依頼した二円紙幣の銅版により、大蔵省紙幣局で印刷したものである。政府が同会社に日本紙幣の製造を委嘱したのは明治三年（一八七〇）閏《うるう》十月にはじまり、紙幣はドイツから送らせていた。これを「日耳曼《ゲルマン》紙幣」といった。ゲルマンとはドイツ国の意である。当初は一円、二円、十円の三種の紙幣を全部ドイツから送らせていたが、十年の西南戦争によって紙幣の急増発が必要となり、前記のようにナウマン会社から銅版をとりよせて紙幣局でも印刷するようになったのである。

ところで、真券と贋札とがどの点で相違していたのか、その鑑別法の焦点はいずれにあったのか、尾佐竹猛「明治秘史・疑獄難獄」にも「世外井上公伝」にも出ていないのである。

6

贋札の捜査が行詰っているときに、警視庁にとって天祐《てんゆう》のように出現したのが、藤田組の元手代木村真三郎による「贋札は藤田伝三郎、中野梧一、参議井上馨等が偽造したものである」という「実地録」と題した密告書であった。

木村は明治九年に、井上馨の引立てを受けた河野清助という者の紹介で藤田組に雇われ、翌十年にあらためて手代となったもので、西南戦争には藤田組の陸軍御用の業務に携《たずさ》わり、長崎、熊本、八代、人吉、延岡、鹿児島など政府軍隊の転戦に従って移動し、藤田組のために相当な働きをした。ところが木村はしだいに狎《な》れて不行跡を働くようになったので、伝三郎は彼を解雇した。つまり川路大警視が前に指示した「藤田組の内情をつかむには藤田組を追出されて伝三郎に反感をもつ者」にまさしく該当する人物であった。

そこで木村の「実地録」の内容をやや詳しく云うと、次のようなことである。

西南戦争が終った十年秋に木村は九州から帰店したが、彼は伝三郎から特別な愛顧を受けた。同年十月下旬から木村は伝三郎の指図で、同店の大座敷の次の間に番頭の新山陽治・藤田辰之助と居るようになり、起居も共にするようになった。三人は互いに酒食し、放談し、万事につけて兄弟のような間柄になった。

十月二十六、七日ごろ、夜中に藤田組の営業上の事を論じ、将来の目的を語った時、陽治と辰之助の二人が紙幣偽造について口を辷《すべ》らした。それはその偽造紙幣によって藤田組は内外に支店を設け、貿易・土木・工業等を興し、店内は副支配人の佐伯勢一郎などに任せ、外交は伝三郎と支配人の中野梧一が自らこれに当るという深謀の由であった。ところがその後十一月の初めのある夜、辰之助・陽治の両人から過分の饗応を受けて、先日内緒で話した店内の秘密は、万一他人へ洩れるようなことがあっては困るから、他言せぬ旨の誓書をさし出せと強要され、辰之助あてに誓書を認《したた》めた。――木村の「実地録」は、そのように書いてあった。

さらに木村は添書を一札入れて、このことは陽治と辰之助とを調べてもらえば判明する、当人たちが白状しなければ自分と対決させてくれてもよい、とまで書いた。

《此等《これら》の密告は、実に藤田組贋札誣告事件の根源をなすものであつて、一世の人心を驚倒し、財界を混乱し、政府当局者を悩まし、藤田・中野は勿論、公（井上馨）の名誉を汚損し、而して反政府者をして公竝《なら》びに政府攻撃の口実を与へるに至つたのは、実にこゝに胚胎《はいたい》してゐるのである》

と、「世外井上公伝」は井上の無関係を特筆している。

大阪の判事補に桑野礼行というのがいて、木村真三郎の密告「実地録」を入手して上京し、これを安藤中警視に与えて報告した。安藤は喜び、さらに木村真三郎を大阪から呼びよせてその陳述を聞いた。

そのつづきを尾佐竹猛「藤田組の贋札事件」(「明治秘史・疑獄難獄」)に見よう。

《東京警視庁の巡査一行は大阪に着するや正服帯剣し、権大警部佐藤志郎之を引率して、明治十二年九月十五日未明に、大阪市東区高麗橋《こうらいばし》一丁目なる藤田伝三郎の寝込を襲い、伝三郎を同行し堺市南宗寺境内に設けた臨時調所に送り、また別に中野梧一、藤田鹿太郎、藤田辰之助、新山陽治、河野清助、佐伯勢一郎をも拘引し同所に送り、藤田組本支店、関係銀行の大家宅捜索を行なった。

しかし一枚の贋造紙幣は勿論、之に関する証拠物件をも発見せなかった。これが抑《そもそ》も劈頭《へきとう》第一の失敗であった。紙幣贋造事件で肝腎の紙幣が無くては問題にならぬではないか、それも五枚や十枚の贋造ではなくて何万円という贋造だというではないか。それにこの検挙前に藤田の手から出たという贋造紙幣が証拠に挙《あが》っているかといえばそれもない。検挙官の頭の粗雑なことはこれでもわかる。

それがこの検挙あるや、流言は風の如く財界の動揺を来したから、大阪財界の大立者五代才助はすぐ自己関係の銀行の紙幣を調査し、贋造なきを確め、一面大阪商法会議所頭取として、もし贋造紙幣あらば引換うべしと公示したが、引換を求むるものもなくて

物情は安定した》
　一方、藤田組取調べのほうは難航した。佐藤権大警部が、伝三郎、すでにかくの如くそれぞれに御手当があった以上はもはや逃れぬところだ、さだめし身におぼえがあろう、と事件の輪廓《りんかく》も示さずに訊問した。以後もこういう調子の取調べ方だったが、伝三郎は終始一貫して、べつに返答のしようはありません、なんと仰せられても覚えのないことは申されよう道理はありません、と答弁した。
　十月十六日、容疑者一行は東京へ護送せられて、十九日に鍛冶橋なる警視局の別監に入れられた。なお、当時の警視庁は警視局（のちの内務省警保局）を兼ねたような存在であった。
　警視局では各権大警部が、犬塚（盛巍）・今井（艮一《こんいち》）両検事立会いで取調べた。

―

問　伝三郎、そのほうは高杉（晋作）、木戸（孝允）、井上、三浦（梧楼《ごろう》）、鳥尾（小弥太）等の諸公と懇意であるか、懇意ならばその次第を申し述べよ、木戸公、井上公とはとりわけ別懇なりと聞くが、何地に同行したことはないか。
答　木戸公は身分こそ違え私の親戚中公の知行を引き当てに金穀を立替えた者もあり、知合っているだけでなく、私の生家と木戸公の家とは裏表で、幼時から親しい仲、井上公とても奇兵隊の昔から無二の畏友《いゆう》であります。

問　そのほうは長崎に遊んだことはなきか。そのほうは曾て藩の銀札を贋造し、長崎に逃亡したことがあろう、その事実を具《つぶ》さに白状せよ。

答　実に怪しからんお尋ね……意外千万。

問　しからばそのほうの身代はじつに百万円なりと聞く。その富をつくった手続きを申せ。

答　私の身代はまだそこまでの巨額に達しておらぬと思います。しかし私は一年一回よりは帳簿を点検しておりませぬ。平常はその主任の手代があるので、詳細なことは知りません。かつ、藤田組と名称して商海に打って出てから明治八年より西洋複式簿記法を用いてからは銭厘の私も出来ません。さだめし帳簿はお引上げに相成っておりましょうから、三井の手代でも召されて点検させてください、さすれば私が答えるよりははるかに正確で、また私の言うことが虚言でないこともお判りいただけると思います。

問　井上馨は欧羅巴《ヨーロッパ》に赴いて紙幣を贋造せしめ、之をそのほうの店に送付し、営業の資となしたとの訴人《そにん》があるが、どうか。

答　何人がそのような無実を……井上公が……じつになんとも驚き入った次第で、お答えのしようもございません。井上公が紙幣を贋造せしめたとならば、同氏を審問せられたらいかがですか、ことは自ら明白となりましょう。私はいっこうに合点がゆかず、また寸毫《すんごう》も身に覚えのないことであります。

《こう答えられてはこれ以上追及の材料がない。それより藤田はかえって問者の地位に立ち、係官の言により、訴人は旧雇人木村真三郎にして、同人の手に成る実地録のあることも知った。それから数回審問の後、真三郎との対質となったが、真三郎は事《こと》毎《ごと》に語塞《ふさが》り、辞窮して、実地録の記載は捏造《ねつぞう》ということとなった。こうなってはもはや事件も駄目だ、十二月二十日には一同無罪放免となった》

中警視安藤則命は進退伺いを出したが、免官となり位記返上を仰せ付けられた。佐藤志郎権大警部は、辞職の内意を諭《さと》したが、応じなかったために懲戒免官となった。《木村真三郎は、妄想をもって附会に属する密告書をことさらに実地録と題してさし出すなど誣告罪に問われ、懲役七十日の処分を受けた。これにて一件落着した。その後、明治十五年に入って、贋造紙幣の真犯人として神奈川県中津村で熊坂長庵が逮捕された。二千八百枚を偽造し、内二千余枚を行使した罪状によった》

裁判言渡書

神奈川県相模国愛甲郡中津村十七番地

熊坂長庵

三十八年十ケ月

其方儀明治十二年二月頃ヨリ内国通用二円紙幣ヲ偽造セント発意シ継テ之ヲ偽造シ爾来《じらい》遊蕩ニ漫遊ニ其他処々行使シテ本年ニ至リタル事実ハ司法警察官ノ調書予審掛リノ調書高座郡田名村平民鈴木熊五郎カ始末書及ヒ其方ノ自宅ニ現存セシ偽造紙幣並ニ偽造ノ用ニ供シ又ハ其用ニ供スヘキモノト認メタル器具用紙等ノ充分ナル証憑《しょうひょう》ニ因リ認定セラレタリ因テ刑法第百八十二条初項ニ照シ無期徒刑ニ処ス

但シ犯罪ノ用ニ供シタル器具ハ刑法第四十三条第四十四条ニ拠《よ》リ没収シ洋紙其他十六品ハ還付ス尚ホ予《かね》テ差押置キタル家屋地券物品等ハ悉《ことごと》ク解放ス公訴裁判費用ハ渾《すべ》テ負担ス可シ

明治十五年十二月八日

神奈川重罪裁判所ニ於テ

裁判長判事　西　瀉訥

陪席判事　別役元昌

同　判事補　松浦久彦

7

——窓の外がいくらか明るくなった。雨はいつのまにか熄《や》んでいる。

さっき、受付の女がこの第二資料展示室の入口まで来て顔をのぞかせたが、伊田平太郎と安田と婦人観覧者とが長椅子にならんでかけているのを見ると、おどろいたように引込んだ。

伊田が云ったように、町長も館長も町役場の職員もここには現われなかった。また新しい観覧者も来なかった。案内のアナウンスがあれきり聞えないのは、伊田の激しい抗議からだけではなく、その後の入館者がないためでもあった。

「ごらんください、もう一度、この観音図を……」

前校長は、左右の両人に注視を促した。

「見れば見るほどよく描いてありますね。髪の毛の一本一本、利剣の柄《つか》、瓔珞《ようらく》のつながり、裳《も》の襞《ひだ》、じつにこまかく描きこんであるではありませんか。このお顔だって美しい。美人を観音さまのようだというが、この画はそれをみごとに描写していますよ」

彼は、ひねた年増《としま》女のような顔をまたしても賞《ほ》めた。

「長庵さんの画はこれだけですか？」

安田は答えようがないので訊いた。

「いえいえ、ほかにもだいぶんあります。みんな水墨の山水画です。南画風ですな。先生は漢詩の素養があって、それぞれ立派な讃《さん》が書き入れてあります。雅号を香山とつけたらしく、『北海道於樺戸画窟、香山筆』とか『香山酔画』とか『香山写意』とか書いて落款《らっかん》がしてあります。この集治監を画窟としているところが面白いではありませんか。まるで深山幽谷の仙窟になぞらえているんですね。悟り切った哲人の心境ですよ」

「どこにそういう画が所蔵されているんですか？」

「この月形町を中心に、ほうぼうの旧家に在るんですね。いまのところ全部で十点足らずですが、まだ発見できるでしょう。その曾祖父などが集治監の看守長とか看守とかの人でした。長庵先生がそれらの人々に描いて与えたらしいです。わたしは前に各家を訪問して見せてもらいました。みごとな画と筆跡です。みなさんは家宝にしていると云われました」

「そうすると、長庵さんは集治監に居ても、優遇されていたのですね。画などを悠々と描いているところを見ると、囚徒としての労働もなかったのでしょうか」

「と思います。なにしろ画が上手ですから、大事にされたのですね。一技一芸に達していると、そういう余徳があるんですね。……」

ここまで云って、伊田は語調を変えた。

「しかし、この一技一芸も長庵先生には大きな不幸になっています。そのために贋札造りの冤罪を被《き》せられて、後半生を台なしにさせられたのですからね。けど、前にも申し上げたように、美術的な絵画を描くのと、紙幣の文様を彫る銅版の技術とは全然違います。警察と裁判所は、そこを味噌も糞もいっしょくたにしています。いや、判ってはいるが、わざとそうしているのです。先生をぜがひでも贋札造りに仕立てるためにはね」

「そうですね」

「つまり長庵先生は政治裁判の犠牲者ですよ。もっというなら、政府部内の長閥と薩閥の権力争いの犠牲者です。警視局は、はじめ贋札事件を口実にして藤田組の藤田伝三郎、中野梧一の汚職捜査を行なおうとした。じっさい、長閥の井上馨や陸軍大輔・鳥尾小弥太あたりに、伝三郎は贈賄をしていましたからね。その贈収賄事件の捜査が長閥の妨害でモノにならなくなると、こんどは藤田や中野が花札の博奕《ばくち》をしていたと聞込んで、それでひっかけようとした。それもまた駄目だとわかると、最後には長庵先生を相模国中津村から引張ってきて、贋札事件のケリをつけたんです。なにしろ世間では藤田組が贋札を造って儲《もう》けているという風評が消えませんでしたから」

「事件の推移は、おっしゃるとおりだと思います」

このとき入口のドアが開いて、受付にいる若い女二人が、赤絵模様の蓋つき丼鉢《どんぶりばち》三つを盆に乗せ、もう一つの盆には、湯呑み三個に茶瓶をのせて入ってきた。

「なにもございませんが、お昼のお食事にどうぞ召し上がってください、と館長からのことづけでございます」

前校長は一瞬眼をまるくし、片隅の卓にそれらがならべられるのを、度胆《どぎも》を抜かれた顔つきで見ていた。

「か、館長さんは、どこにおいでなさるかね?」

彼はどもってきいた。

「役場で会議をしていますので失礼します、とのことです」

「うむ、それは、ま……」

前校長はつい三十分前に怒り狂って、女二人に怒鳴り散らしただけに、思わぬ好意にどぎまぎし、顔を赧《あか》らめた。

「まあ、わたくしにまでも……」

神岡と名乗った女性は立ち上がり、受付嬢二人に頭を下げた。

「申し訳ありませんわ。あとはわたくしがいたしますから、どうぞそのままに」

受付嬢がいくらかおかしそうな表情で去ると、彼女は三つの湯呑みに茶瓶の熱い茶を注《つ》ぎはじめた。

「お、これはどうも恐縮です」

前校長も安田も礼を云った。膝を折ってうつむいた彼女の髪は柔かそうで、きれいに手入れしてあった。背が高いので、上半身を屈《かが》めても彼女の頭は椅子にかけた安田の胸の前にあった。その撫で肩からは甘い芳香が漂っていた。

「ほう。これは親子丼ですな。この近所にある『天狗《てんぐ》会館』という料理店からとったらしいですな。わたしもこの前来たとき、その『天狗会館』で食事をしましたから知っとります。おやおや、これはまだ暖かい。寒い折から結構ですな」

蓋をとって伊田は眼を細めた。

「伊田さんがあまりやかましく云われるので、館長さんが閉口して差入れをしてくださったのかもしれませんね」

安田が笑いながら箸袋《はしぶくろ》を破った。

「や、差入れとはまさにぴたりですな。ここは集治監ですからな。ふ、ふふふ」

伊田は相好を崩し、

「わたしはもう何度もここへ来ているので、館長とは顔馴染なのですよ。わたしがくるたびに長庵先生の無実を述べて、テープから『贋札造りの熊坂長庵』という文句を削れ、と云うとるもんですから、館長も今日は困ってこの懐柔策に出たのかもしれん。けど、わたしは絶対に懐柔されませんぞ」

と、四角い顔を力ませた。

「いや、それだけではないと思います。伊田さんの郷土の大先輩に対する熱烈な敬愛に、館長も敬意を表しておられるのでしょう」

「うむ。すこしは館長もわかってくれたですかなア。いや、わたしはですな、長庵先生の名誉回復運動を起したいくらいですよ。そのときは、安田さん、あなたに呼びかけ人のひとりになってもらいたいですな」

伊田は冗談とも真面目ともつかない顔をむけた。

「ええ、その際は、よろこんで」

安田はお世辞でなく答えた。

「神岡さん」

前校長はこんどはつつましげに箸を動かしている青いコートの女性に視線をむけた。

「いままでわたしらは勝手にしゃべっておりましたが、この話、ご婦人にもご興味がありますか？」

彼女は静かに箸を休めた。

「わたくしにはとても興味がございます。もっとお聞かせいただきたいですわ」

腫《は》れぼったい眼蓋《まぶた》の下の切長な眼が細まり、八重歯さえ唇から洩れて、愛嬌ある笑顔であった。

8

藤田組贋札事件が、薩長閥の権力闘争から生れたという見方は、いまでは通説となっている。

藤田組は、井上馨の先収《せんしゆう》会社をうけついだものだが、じっさいにはまだ井上の監督下にあった。

政治講談で知られた伊藤痴遊の「藤田組贋札事件」（「明治初期の疑獄」所収）には、尾佐竹猛のそれにも出ていない資料が載っている。

それは井上と藤田伝三郎との間に取り交した契約書で、明治九年一月の日附が入っている。そのうちの三カ条を挙げると、

《第七　藤田伝三郎は、家産並に増殖金等、自分の見込を以て遣払《つかい》ひ、又は他人へ分与、又は如何《いか》程《ほど》懇意なる朋友たりとも、抵当なくして貸附金等、一切厳禁たる可き事。

第八　伝三郎は、月割百円を以て月給と定む。但、自分の妻へも分与す可き事。

第九　商業は大阪鎮台のエセント靴の製造を主とし、其他猥《みだ》りに多端を許さず、井上馨の許可を受く可き事。

藤田伝三郎今般一家の法則、本業目的を達する為、井上馨の差図を屹度《きつと》可相守候事。

諸勘定損益差引は、毎年七月十二月両度に決算す可し。其利益を変じ、公債証書或は預け金、又は品物となりたるもの等、精細原価を以て精算勘定を為す可し。其《その》表を製し、一枚を井上馨所在へ送る可き事》

というのである。

伊藤痴遊はこれについて「以上を読んでみると、井上が金銭に対して細かい注意のある人だということも判るし、また、人に対してうるさいほど親切に世話を焼く性質の人

だということも判る」と書いている。

痴遊がどこからこのような資料を得たかわからないが、内容は信用してよいだろう。痴遊は講談師になってからの名で、伊藤仁太郎は当時自由民権運動に携《たずさ》わり、反政府運動面から藤田組と長閥政府大官との癒着を洗っていたから、この秘密書類ともいうべきものを、しかるべきところより入手したのであろう。

藤田組が井上の監督下にあるといっても、右の契約書はさながら藤田組は井上の私有物という観がある。

井上馨は維新後に政府参与となり、民部大丞《だいじょう》、大蔵大丞となり、ついで大蔵大輔（次官）になって、おもに財政街道を歩いた。明治六年に渋沢栄一と連名で財政建議書を政府に提出して辞職したが、この裏面には尾去沢銅山の奪取問題があって曾て時の司法卿江藤新平（肥前出身）に糾弾された負い目がある。野に下って先収会社をつくったのは、その辞職後のことである。

井上は明治八年にふたたび官界にもどり、朝鮮で江華島《こうかとう》事件（日本軍艦が朝鮮西南海岸の江華島砲台から砲撃をうけたので、反撃して兵を揚陸させこれを占領した事件）が起ると黒田清隆と共に渡鮮し、朝鮮側に不平等な江華島条約を結んだ。これを機に彼は外交面に転じる。明治九年、諸外国の財政経済事情調査のために官命を帯びてヨーロッパに渡り、翌年に帰国すると参議兼工部卿となった。

ところが、問題は彼のその渡欧である。

井上は米国から英国を回ってドイツに着いているが、このとき井上がフランクフルトのナウマン印刷会社に対してひそかに日本紙幣の贋造と、それを大阪の藤田組へ輸送するように秘密契約したという噂が立った。西南戦争後の明治十二年ごろのことだが、藤田組の事業膨張がいわゆるゲルマン紙幣の贋造行使によるという風聞と、これとが結びついたのであった。

「世外井上公伝」（第二巻）によると、九年十二月に井上はクリスマスの季節を利用してドイツに遊ぶこととし、二十四日ロンドンを発ってベルリンに赴いた。当時ベルリンにはドイツ駐劄《ちゆうさつ》公使として青木周蔵（のち外務大臣）と公使館附武官として陸軍少佐桂太郎（のち総理大臣。長閥）がいた。

井上の伝記には「青木はその頃独逸《ドイツ》の一貴婦人と婚姻を希望して頻《しき》りに我が政府と交渉中であったが、公（井上）もそれに就いて相談を受けた」とあるのみである。しかしこれがドイツにおける井上の全行動になっている。

「伝記」はドイツでの井上について何か隠している、と疑えば疑えぬことはない。クリスマス休暇を利用してベルリンに遊びに行ったというが、せっかくドイツに行ったのに当時のドイツ国の財政経済事情を青木公使から聴取したとか調べたという字句はない。

そのころのドイツはビスマルク宰相であり、彼はドイツ、ロシア、オーストリアのいわゆる「三帝同盟」を結び、相互に牽制《けんせい》し合ってヨーロッパに新たな紛争が起らないように後顧の憂いをなくしたうえ、鋭意経済繁栄に力を注ぎつつあった。未だ小国とはいえ、ドイツには豊富な鉄鉱と石炭の産出があり、ビスマルクが保護関税法を布《し》いてめざましい経済発展を遂げるようになるのは、もう少しあとのこととしても、その前ぶれ現象の現われているドイツの財政経済事情を、財政調査の官命で渡欧した井上は何も調べていないのである。「ドイツに遊びに行った」井上は、青木公使のドイツ婦人との結婚問題の相談相手になっただけで、次のパリへ発った。少なくとも伝記の上ではそうなっている。

だが、そのようなことがはたして考えられるだろうか。

日本政府は明治三年からナウマン印刷会社に日本紙幣の印刷を委嘱し、刷り上がった紙幣を日本へ輸送させていたのであるから、財政調査の井上は責任上当然にナウマン印刷会社に接触して、その後の紙幣印刷状況を聞いていなければならない。このときの井上は大蔵卿の任務も兼ねていたのだ(帰国後には工部卿・大蔵卿に各就任)。井上がベルリンからフランクフルトに行ったにせよ、またナウマン会社の社長・役員がベルリンに来たにせよ、井上と印刷会社の責任者とは会っているはずである。そう見なければならない。

ロンドンでの井上の行動に詳細な同伝記が、ドイツでの井上の行動に簡単なのは、そこに大きな省略が行なわれている。――この伝記を読んだ安田はそう想像していた。この「省略」は、伝記編纂者《へんさんしゃ》の恣意《しい》ではなく、井上が編纂者に語らなかった結果にちがいない。

それにしても風評というのは恐ろしい。民衆は、ドイツ滞在中の井上の行動の「空白」部分に本能的に何かの意味を嗅《か》ぎとっているのだ。

また、痴遊の同書には、「当時廟堂の有様」として、次のような叙述がある。

《初め十二年の九月十六日なりとか、山県参議は富士見町の自邸に各国公使及び閣僚と会し、午餐を設けたるに、来会者の一人たる当時の内務卿伊藤参議は、出掛《でか》けに接手したりとて、警視局警部出張藤田捕縛の電報を示し、余は内務卿として何の命令も与へず、事態甚だ疑はしと述べたるより始まり、事長州参議のみ連《つらな》るを以て、山県参議の如きは、自家身上に及ぶ疑件に付ての廟議に、依然列し居るは我々も快しとせざる所、速かに当職を免ぜられ、法廷に於て是非曲直を明かにしたし、とて頻りに辞職を求めたる其中《そのなか》、贋札事件は密商事件に、密商事件は収賄事件に、収賄事件は弄花《ろうか》（注。花札賭博《はなふだばくち》）事件と、段々局面を変じ、遂に一の犯罪をも発見せずして止《や》み、廟議は当該官吏の責を問ふて懲戒処分を行ひたるにぞ、斯《こ》に始めて廟堂の風雲も迹《せき》を収めたり、此時大隈参議は贋札探偵費として機密費の特別支出をなしたるも、是は唯《ただ》大蔵卿たる当然の職務を以てしたるものにて、大阪行等の命令は警視局連の躍起運動に出で、遂に越権濫職《らんしょく》に及びたる

ものなりと聞く》(傍点は原文のママ)

これによれば、伊藤内務卿がその管掌である警視局(警視庁)の藤田組捜査をその電報に接するまでまったく知らなかったというのである。川路大警視は、直属上司たる内務卿(内務大臣)に許可もとらず了承も得ずに、隠密裡に藤田組の手入れをさせたことが分る。当時は安藤中警視だが、その方針は外遊前の川路によって定まっていた。山県有朋参議(参謀本部長)は藤田組手入れを伊藤から聞くと顔色を変えて、一身上の嫌疑がかかる廟議(閣議)に出席するのは不愉快である、よって法廷で曲直を明らかにしたいと辞職を強く求めた。これは、藤田組と山県・井上ら長閥との癒着を自ら白状しているようなものとうけとれる。

また、大隈が藤田組の捜査費を機密費から出しているのは、この捜査の背後に長閥潰しを狙う肥前の大隈が存在していたことを暗示する。この機密費の特別支出は「唯大蔵卿たる当然の職務」とわざわざ断わっているところが、その深奥をうかがわせる。

痴遊がこの廟議の情報をどこから入手したかは不明だが、これもあるいは民権運動中に得た資料かもしれない。

これだけを見ても、西南戦争後、薩閥が肥前の大隈(彼は反長閥だった)と結んで、藤田組を材料に長閥に攻撃を試みたことが知られ、弱味をもつ山県の狼狽がわかる。井上、鳥尾らは山県以上に周章《あわて》たにちがいない。

伊藤は、これを長閥全体の危機と取った。そうして藤田組汚職事件のもみ消しにかかった。伊藤にとっては、長閥の没落はすなわち明治政府の崩壊であった。伊藤はおそらく大隈を極力説得したにちがいない。大隈が最も事情を知っていると思われる。

こうして伊藤工作は成功し、贋札事件を突破口に警視庁が藤田組本支店ならびに伝三郎方を家宅捜索して井上との贈収賄の事実を摑もうとした意図は「その証拠が挙らなかった」ことにして安藤則命中警視らへの懲罰となった。明治の絶対強権政府の下では、官吏も弱いものであった。

あとは汚職事件が弄花事件と変貌して小さくなり、それもやがて雲散霧消する。そうして藤田組についてもっとも知り過ぎた男である中野梧一は、自宅で拳銃自殺を遂げて永遠にこのことに口を閉じてしまう。——なんだか現代の汚職事件に似ている、と安田は思う。

そういえば、大隈の回顧録にも「公爵山県有朋伝」にも、「藤田組贋札事件」のことはすこしも出ていない。「大隈伯昔日談」「大隈伯百話」「大隈侯昔日談」などは一字もふれてないのである。あれほど自身の過去に饒舌な大隈が、大蔵卿時代に起った著名な事件について一言半句も洩らさないのは奇妙ではないか。この不自然さは、以上のように考えてくるとその理由がわかる。——安田はそう思っている。

では熊坂長庵はなぜ贋札犯人として逮捕され、北海道最初の集治監であるこの樺戸に無期懲役囚人として収容されたのか。

それは、藤田伝三郎が無罪となっても「藤田組は贋札を使用して事業を拡張させた」という世間の噂がいつまでも消えないため、政府はここでどうしても贋札犯人を出して贋札事件を「解決」する必要に迫られていたからだ。

では、なぜ相模国愛甲郡中津村の元小学校長熊坂長庵がその犠牲《いけにえ》にされたのか。――

9

元は典獄室だった第二展示室で、三人の昼食は終った。青いコートの女性はかいがいしく丼のあとかたづけをし、湯呑みに新しく熱い茶を斟《く》み分けてくれた。窓の陽はまたうすくなってきた。ここの壁間にも掲げられてある月形初代典獄の写真が暗くなった。

「川路大警視の死、安藤中警視らの追放によって川路直系のいなくなった警視庁では、たぶん伊藤内務卿の意をうけたと思いますが、すぐさま贋札犯人に該当するような者の物色にあたりました。当時警視庁には諜者《スパイ》というやつをいっぱい傭《やと》っていましたからね。その網にひっかかったのが熊坂長庵でしょう」

安田は云った。

「理由はなんですか?」

伊田が茶を啜《すす》る音を聞かせながらきいた。

「長庵さんは少々放浪癖があって、郷里に落ちつかなかったところがあるようです」

安田が答える。

「そうです。わたしも調べましたがね。明治九年から十年の一年間、中津村を出て何処《どこ》に行ったか所在が分らないのですよ。けど、それはあなた、長庵先生は旅が好きで、そのあいだに各地を見て歩き、画想を練っておられた、ということですよ」

と伊田が強く云った。そこで安田はつづけた。

「ところが、警視庁ではそこが付け目の一つでしてね。その間は、贋札造りに必要な銅版彫刻の技術を学び、十年の勧業博覧会には自刻の銅版画を出品したということにした。長庵がどこのだれについて銅版彫刻をしたかということは裁判記録には一行も書いてないし、勧業博覧会出品にいたってはその裏づけがないのです。ただ『画工』というだけで贋札造りにしたのです。これは川路大警視のあとの連中がやったことです」

「川路利良のあとの大警視はだれですか？」

伊田がきいた。

「大山巌《いわお》です」

「じゃ、やはり薩閥ですね。それなら川路の摘発方針を踏襲しそうなものを……」

「ところが日露戦争の満州軍総司令官になったときでもわかるように、大山は茫洋とした人物です。早くいえば愚鈍です。川路ほどの切れ者でもなく、反長閥意識も尖鋭ではありません。大山大警視は、伊藤や山県や井上ら長閥巨頭と妥協したのだと思います」

「大山のあとは？」

「ちょっと待ってください。いまメモを見ます」

安田は手提鞄から手帳を出した。

「樺山資紀《かばやますけのり》です。のちの海軍大将・海軍大臣です。薩摩出身です。これから警視総監の称になります」

「その次は？」

「四代目警視総監は大迫《おおさこ》貞清。のちの鹿児島県知事、錦鶏間祗候《きんけいのましこう》です。薩摩出身。……第五代が三島通庸《みちつね》。のち福島県令時代に道路工事を起し、河野広中らの自由民権運動を圧迫したことはあまりにも有名です。薩摩出身。……第六代が折田平内。のち貴族院議員。薩摩出身。……第七代が田中光顕《みつあき》、この人は土佐出身ですが親長閥です。……第八代が園田安賢《やすかた》、薩摩出身。第九代が山田為暄《ためのぶ》、薩摩出身。第十代は園田安賢の重任。第十一代の西山志澄《しちょう》は土佐出身ですが、第十二代の大浦兼武《かねたけ》、のちに大正四年の第二次大隈内閣では内相として総選挙に大干渉をしたので著名ですね、第十三代の安楽兼道《あんらくかねみち》、第十四代がふたたび大浦、第十五代安立綱之《あだち》、みんな薩摩出身です」

「ほほう、大警視・警視総監のほとんどは薩摩出身で占められていたのですか？」

「それは参議西郷隆盛が薩摩藩の士族を軍人と警察官に押しこんだことからはじまっています。けど、第三代の樺山以下は完全に長閥と妥協したり、その子分となったりしていますね。だから藤田組贋札事件捜査は、もう一度と浮上することはなかったのです」

「じつに怪しからん話だ」

伊田前校長は憤慨した。

「あなたの話を聞くと、井上、山県、伊藤ら長閥の陰謀に敢然と闘ったのは川路大警視だけですかねえ。惜しい人を早く死なせたものですな。もし川路大警視がもっと長生きしていたら、藤田組汚職事件は白日の下にさらされ、長閥も大打撃を受けたでしょうにな。さすれば熊坂長庵先生も贋札犯人の汚名を着せられずに済んだでしょうに」

「そうですね。長庵さんには気の毒ですね」

「あなたは警視庁のことに詳しいようですが」

「なに、いま云った歴代大警視・警視総監の名は『警視庁史』という本に拠ったのです。……そういえば『警視庁史』には藤田組贋札事件のことが短く紹介されてありますよ。その終りのほうだけを云うと、熊坂長庵が検挙された当時は、芝居に出てくる熊坂長範に似た名前から、この真犯人はいい加減なものだと、世間ではその疑いを解かなかった、とあります」

「そのとおりだ。だれでもそう思う」

伊田平太郎は短い首をうなずかせた。それから安田の顔を見てたずねた。

「あなたは、もの識《し》りのようですが、いったい熊坂長範が出る芝居というのは、どういうものですか？　わたしはたしかなことをまだ知らんでおりますが」

「はあ。それはぼくもすこし本で調べてみたことがあります。大盗賊熊坂長範を主人公にしたのは享保《きようほ》年間に二世並木五瓶《ごへい》が『初雪物見松《はつゆきものみのまつ》』の外題《げだい》で書き下ろし、江戸市村座で初世松本幸四郎の長範で演じられています。その後、これを西沢一鳳軒というのが補修し、『熊坂物見松《くまさかものみのまつ》』と題を改め、天保八年二月に大坂中《なか》の芝居で演じられ、そのあとまた『熊坂長範物見松《くまさかちようはんものみのまつ》』と三度目の外題になり、江戸中村座において四世中村歌右衛門の長範で幕を開けています。こんなふうにこの芝居は幕末にたびたび上演されたので、明治期の人には大悪党熊坂長範の名が滲《し》みこんでいたのですね」

「その芝居の筋は、どういうことですか？」

伊田が顔をしかめて訊いた。

「材料《たね》は『義経記《ぎけいき》』からとっています。それには熊坂長範という盗賊は加賀国熊坂の者で、美濃国赤坂の宿に手下多勢で夜襲したが、牛若丸のために討たれたとあります。美濃国青野原に高さ十間《けん》ばかりの松があって、長範はこの松に登って東西四、五里のほどを遠望し、人馬の足の運びを見て、その荷の重さを推量し、手下の者に命じてこれを奪いとらせたという云い伝えもあるそうです。外題の『熊坂長範物見松』というのはそれから思いついて付けられたのでしょう。芝居では、筋が違っていますが、熊坂長範が盗賊の親方であるのは変りありません」

「熊坂長範と熊坂長庵、長庵先生にとっては迷惑な芝居です」

同郷の伊田は歎息した。

このとき、青いコートの肩が動いて、神岡女史が小さく咳をした。

伊田がそれにふりむくと、彼女は顔をやや下にむけて、細い声で云った。

「すみません。いま安田さんから熊坂長範のお芝居のお話をうかがいましたが、謡曲にも『熊坂《くまさか》』というのがございます。このほうが江戸時代の演劇よりはずっと旧《ふる》くて、室町時代の世阿弥《ぜあみ》の作ではないかと云われてるそうですわ」

「ほほう」

「いいえ、じつはわたくしは謡《うたい》を習っておりまして、今ちょうどその『熊坂』を練習させていただいてるところなんですの。わたくしの知識は謡曲本に付いている解説の受け売りですわ」

「で、謡曲の熊坂長範も、もちろん大盗賊でしょうな？」

「そうなんです。……旅僧が美濃国赤坂というところで夜もすがら読経《どきょう》をしていると、熊坂長範の幽霊が現われて、自分の悪事の数々を懺悔《ざんげ》し、この赤坂宿に泊った奥州の金《かね》売り商人吉次の一行を手下多勢で襲ったところ、かえって牛若丸に討たれた次第を物語って、回向《えこう》を旅僧に頼んで消える。そういう筋なんですの。『平家物語』や『義経記』から材料を取ったこの謡曲のほうが昔から今も謡われていて、演劇よりも有名じゃないかと思われますわ」

「やれやれ、名だたる大盗賊と一字違いの、紛《まぎ》らわしい名前を親御さんから付けてもらったばかりに、長庵先生も飛んだ不仕合わせな運命に遇われたものです」

相模国愛甲郡中津村出身の前校長はふたたび吐息を洩らした。

「けど、なんですな、世間ではそういう名前の男なら贋札犯人にちがいないと思う一方では、そんな芝居に出てくるような悪人の名の男を犯人にしたのは、警視庁のでっちあげだという噂も当時から根強かったのですね」

「それはいまぼくが申し上げたように、『警視庁史』ですら書いています」

「ところが尾佐竹氏は、長庵先生が愛甲郡中津村小学校長時代に書いた村の医院設立請願を発見したといって、ほれこの通り熊坂長庵は芝居の悪党の名をもじって造ったのではない、実在の人物だった、と学界の雑誌に得意げに報告していますな。では、長庵先生はどうして贋造紙幣の製造技術を持っていたのか、ということはまるきり調べていません」

「おっしゃるとおりその点は尾佐竹氏もまるきり追及していませんね」

安田は手帳のほかのページを繰って、

「当時の紙幣製造のことでは、ぼくはすこしばかり調べました。もし、ご退屈でなかったら、かいつまんで申しあげましょうか？」

と、伊田と神岡女史とを見た。

「たいへん参考になりそうです。お聞かせください」

「興味深いお話のようですわ。ぜひ、うかがわせてください」

二人は口々に云った。

「では、これをごらん下さい。ご承知でしょうが、明治五年から三十二年まで通用した日本の紙幣です」

安田は手提鞄の中から一枚のカラー写真をとり出して伊田に見せた。

「うむ。写真で見たことがあります。色のついた写真はこれがはじめてですが。うむ、うむ。上のほうに鳳凰が二羽両側にいて、まん中の『金二圓』の文字を囲っている。下のほうは竜が二匹両側にいて『明治通宝』の朱文字を抱きかかえていますね。なるほど全体が青インキで印刷してある。『青紙幣』といわれる道理ですな。おや、上に割印の『納頭』という字が見えます」

伊田は凝視して云った。

「それは『出納頭』の下半分です。裏面を見てください」

伊田は裏を返した。

「こっちは小豆色の一色ですな。上部と下部に大きな円形があって、中にそれぞれ『二』の字が入り、TWO YEN と上下に割ってある。中央に『大日本帝國政府大藏卿』の朱印。おや、上下の大きな円形のふちにトンボが、ひい、ふう、みい……みんなで六匹とまっている。このトンボの脚が一本足りなくて三つになっているのが贋札だということですか？」

「それは俗説ですよ。トンボの脚なんかはごじゃごじゃしていて数が見えないでしょう。四百倍の顕微鏡にかけたら、画が大きくなりすぎてなんのことやら分らなくなります」

「そうですな。トンボの脚が一本足りないなんて、世間ではいい加減な噂をするものですな。左上に藍色で……うむ、篆書体《てんしょたい》でよく読めんが『錄』の字かな、『錄頭』と出ておる」

「それは『記錄頭』の割印の下が出ているのです」

「これは表面といい裏面といい、じつに精巧な地紋ですな」

「菊花紋章、『金二圓』、鳳凰と竜は銅版手彫りですが、複雑な地紋は機械彫りです。これが、ドイツのフランクフルトにあるビー・ドンドルフ・シー・ナウマン印刷会社に明治政府が注文した、通称ゲルマン紙幣です」

伊田はそのカラー写真を横の神岡女史に渡した。彼女は手にとると、眼に近づけて眺め入った。

「まことに精巧な出来です。それまで粗末な刷りの藩札や太政官札や大蔵省兌換《だかん》証券しか見てなかった民衆がそのあまりな立派さに眼をみはったのも無理はありません。これは最高額の百円から最少額の十銭まで九種類の紙幣でしたが、間の二円半というのは二円になったのです」

「こういう新紙幣を出したのは、やはり廃藩置県後の全国統一というところからでしょうな」

「そうです。全国各藩が勝手に出していた藩札の引換えですね。それと、贋造防止のために、こんな精巧な紙幣紋様にしたのです。これなら偽造はできないだろうというわけです」

「うむ。これなら贋造はむつかしいな」

「政府は贋造防止に腐心しています。藩札も贋造が多かったし、大蔵省兌換券も貨幣価値が上がってからは、上海あたりを根城に国際偽造団が暗躍しました。紋様が簡単だったのですね。ゲルマン紙幣の紋様が、こんなにゴテゴテと複雑なのは、その贋造防止のためです。そのうえ、念を入れて、ナウマン会社には一枚一枚の番号は刷り込ませるが、表の『明治通宝』の朱文字は、紙幣が日本に到着してから大蔵省紙幣局で能筆の者が大勢で一枚一枚手書きしたものです。それはほんの最初で、そんな悠長なことではとても追付かないので、すぐに銅版文字に変りました」

「なに、はじめは手書きですか。それは紙幣の数が多いからたいへんだ」

「たいへんです。それも贋造防止のためです。外国紙幣に発行の銀行頭取のサインがあるのを見習ったということです。そして『出納頭』の割印、裏側の『大日本帝國政府大藏卿』の朱印と『記録頭』の割印も、最初はいちいち工員が手押ししたものです」

「そんなことをして間に合ったのですかねえ?」

「第三回の紙幣を日本で造るようになった十年以後の紙幣からは、『明治通宝』と二つの割印は、日本で銅版を彫って印刷したものです。前者は武川希賢という彫刻師が彫り、後者はお雇い英人のキンドルというのが彫ったそうですがね。それだけでなく、このときからドイツのナウマン会社に紙幣の銅版を引渡させ、紙幣局で印刷をしています」

「ドイツから銅版をとり寄せて印刷するとなると、印刷機械もいっしょですか?」

「印刷機械はその前の明治七年に、ドイツのナウマン会社に注文して、紙幣局に据え付けを完了し、準備をしていました。紙幣頭、のちの大蔵省印刷局長の得能良介というのが偉い男でしてね。日本の紙幣を外国で印刷するのは国威に関するといって、日本で刷るようにしたのです。もっとも取寄せたドイツ製の銅版によってですがね。得能良介は、鹿児島県出身で、大久保利通や西郷従道とも仲が親密だったのです」

「なに、得能紙幣頭も薩藩?」

伊田平太郎の眼がぎらりと光った。

10

雨の音はなかった。

安田はつづけた。窓がまた明るくなった。

「それは百円札から十銭札まで九種類の紙幣の意匠《デザイン》と色がすべて同じだったことです。みんな鳳凰と竜で、ただ中の『圓』と『錢』の数字が違うだけです。それだって字が小さいです。一般の者には、まぎらわしくて、ちょっと見分けがつかない」

「立派なゲルマン紙幣にも、弱点はありました」

「そうですなア」

「それと、紙質が弱かった。すぐに破れるんです。それで明治十年に、はじめて国産の意匠と銅版彫刻による改造紙幣ができました。それは明治八年に政府が雇ったイタリアの銅版彫刻家でもあり画家であるエドアルド・キヨソネの手になるエビスさまの画入りです。しかし、外国紙幣の多くはその国の元首の肖像を入れているので、エビスさまでは不似合いというところから、あとで神功《じんぐう》皇后の肖像になりました。この神功皇后はギリシャ人のような顔をしていますがね。キヨソネが想像で描いたのだから仕方がないでしょう」

「キヨソネというのは、西郷隆盛や大久保利通の肖像画を描いている、あの男ですか？」

「そうです。そのほか有栖川宮熾仁親王《ありすがわのみやたるひと》、大山巌、同夫人、川上操六、得能良介などの肖像も描いています。……彼は明治の画壇には大きな影響を与えています。……このキヨソネの神功皇后肖像入りの改造紙幣だと、贋造もむつかしくなろうという政府の狙いです。ゲルマン紙幣と神功皇后紙幣とは、三十二年まで併用して流通していたのです」

「贋造防止には、政府はよほど苦労しているのですなあ」

「ぼくがいまお話ししているのは『大蔵省印刷局百年史』の記述に沿っているのですが、この本にしても、『得能良介君伝』にしても、得能局長や幹部が紙幣局時代からどんなに紙幣の贋造防止に苦労しているかがわかります。とくに得能紙幣頭がそれに最も腐心して、紙幣印刷の歴史は同時に贋造防止の歴史といっても云い過ぎではないくらいです」

「ははあ。『得能良介君伝』などという、彼に関する伝記が出ているのですか？」

「大正十年に当時の大蔵省印刷局長の名で編纂《へんさん》されています。伝記に特有な賞讃に満ちた文章ですが、それを割り引きしても、得能良介というのは相当な人物です」

「薩摩出身ということでしたな？」

伊田は疑わしそうな眼つきをした。

「得能の経歴をざっというと、彼は文政八年（一八二五）生れの薩摩藩士で、維新の際は同藩の西郷隆盛、大久保利通、小松帯刀《たてわき》などと国事に奔走したが、隆盛の弟の西郷従道には長女を嫁《とつ》がせて岳父と女婿《じょせい》の関係、大久保とは親友の仲です。明治新政府では大蔵大丞《だいじょう》、明治四年に出納頭《すいとうのかみ》に任じられたが、このとき上司である大蔵省三等出仕の渋沢栄一と職務上のことで衝突、暴力事件を起して、五年に免官となりました。それは得能が渋沢がもちこんだ洋式簿記法が気に入らず、大蔵省で口論となって渋沢を倒し馬乗りとなって殴りつけた。このとき渋沢は、いやしくもここは役所である、匹夫《ひっぷ》馬丁のする喧嘩の場ではないと言って、殴られてもじっとしていたということです。だいたい得能は激しい性格で、女婿の西郷従道が冗談半分に彼の悪口を云ったところ、憤り出した彼はやにわに洋杖《ステツキ》を投げつけて、それが室内の壁に当って損傷したということです」

「直情径行というのですか」

「その厳しい性格が、紙幣頭として、紙幣発行とその技術開発、管理、工場の新設・増設などの事業を行なって成功しているのです。彼は渋沢を殴打して免職となったが、三カ月後に司法権大検事兼司法少丞に任じられ、明治七年一月に大蔵省に戻って紙幣頭の椅子に就いたのです。そのときは、もう五十歳に達していました。……以来十年、五十九歳を一期《いちご》として、その生涯の幕を閉じるまで、卓抜した識見と指導力とをもって、創業の鬼ともいうべき情熱を注いで、ひたすら紙幣局の建設と技術開発に専心、短時日の間に紙幣局から大印刷局の名を、中外に輝かせるに至った、と『得能良介君伝』にはあります」

安田は手帳に書き抜いたものを見ながら云った。

「その得能紙幣頭が、紙幣贋造防止に腐心したというのは、どういうことですか？」

「これは紙幣製造そのものの技術面と、工場管理の二つの面に分けることができます。少々面倒な話になりますし、長くなりますが」

「ええと、神岡さん」

伊田は左隣の女性に顔をむけた。

「安田さんの話を聞こうじゃありませんか、すこし時間がかかるということですが」

「ええ、わたくしにはべつにこれからの予定はございません。札幌の宿に帰るだけですから、ぜひ、その有益なお話をうかがいたいですわ」

神岡女史は、伊田の身体の蔭から顔を出して安田にせがむ表情をみせた。

「神岡さんもああ云っておられる。わたしも長庵先生の贋札造りの噂に関係があると思われるので、先生の冤罪を霽《は》らすためにも、参考としてあなたのその話を聞きたいですな」

「そうですか。なるべく手短かに要領よくお話しできるといいのですが、話が下手ですから、お聞き苦しいところはご勘弁ください。まず、紙幣を造ればかならずその贋札が現われることを覚悟しなければならない、得能局長にははじめからそういう危惧があったようですね。彼の伝記を読むと……」

その「得能良介君伝」には、こういうことが書いてある。

明治十年十一月十七日、天皇は紙幣局工場に行幸して、その施設と、製版・印刷・抄紙（紙幣用紙の紙抄《かみす》き）各部の作業工程を巡覧、得能局長はその説明に当ったが、その日彼が提出した上奏文には、贋造防止について述べている。

——紙幣は実貨の代券であって、その記載する価格でその信を表《あらわ》す。そのため製造の初めにあたって贋造防止の術を尽さなければ贋偽紙幣が百出、人民の信用を失い、ついには真券の行使を阻むにいたるであろう。

贋造防止の方法は、従事者が通常の担当や通常の技術を施すだけでは効が上がらない。かならずや従事する者が非常の担任力を以て、あるいは非凡の機械により、あるいは非常の技術を施すことでなければ、防贋の実効は得られない。さきに太政官金札・民部省金札兌換証券（いずれも旧紙幣）を製造したが、贋造を防止することができなかった。よって日耳曼《ゲルマン》国製造所に委託し、新紙幣製造を行なった。その彩紋の緻密なるを見て、当時何人《なんぴと》もその出来具合を賞讃して「贋造の憂《うれい》なし」と称した。けれども之を検するに用紙はただ印刷に適するの便を図るためにその紙質脆弱《ぜいじゃく》にして強靭《きょうじん》ならず。印肉（印刷インキ）は特に彩色の美を選ぶがゆえに、着色久しきを保証できない。彫刻は専ら機械に藉《か》り、緻密を旨とするが、これがかえって模刻しやすい。これらをもってついには贋偽描改などの弊を生ずるにいたるであろう。

《蓋《けだ》し技術拙《つたな》きにあらず、機械備はらざるに非ず、是《これ》、只《ただ》防贋保久の精神薄きの致すのみ。故に非常の担任力を培養するに非ざれば、防贋の術を尽す能はざるなり》つまり紙幣の製造にたずさわる製版・印刷・抄紙の職人、刷り上がった紙幣の包装・梱包など雇《やとい》の工員らそれぞれの担当員が熱意と責任感を持っていなければ、贋造は防げないと、得能局長はこの「上奏文」で述べているのであった。

さて、「大蔵省印刷局百年史」では、紙幣の真贋鑑別法にふれている。

明治九年、紙幣寮（紙幣寮は明治十年一月に紙幣局に、翌十一年十二月紙幣局を印刷局に、それぞれ改称した。したがって得能良介は紙幣頭から紙幣局長・印刷局長となる）では、アメリカ人チャールズ・ポラルドという石版《せきばん》職人を雇い入れた。石版は、石版石（主成分は炭酸カルシウムでドイツ産の石。日本では代用に大理石を用いる）に脂肪性の材料から成る「解《と》き墨《ずみ》」で画を線描して吸着させ、石面に水を与えて印刷インキを盛ると、脂肪性が水を排して画の部分だけにインキが付き、これを用紙に印刷するという一種の平版印刷である。石版部はそれまで寮の刷版部に属していたが、ポラルドを招いて寮員に石版術を教授させるようになってからはこれを彫刻局に移した。

《もともと寮の石版部門は、初め銅版転写をもって（紙幣の）偽造品を作製し、彫刻、製肉（印刷インキの製造）および印刷者の敵手となって相互に専攻し合い、防贋方法を研究するために設けられたもので、石版による製品製造は直接の目的ではなかった。しかし、石版の高度な技術を修得し、次第にその長所を知るに及んで、当初の目的は次第に二次的なものとなり、ポラルド雇入れを契機として、寮は石版をもって一般製品や芸術的作品を盛んに製造するようになった……。ポラルドの指導は次第に精緻をきわめ、翌年の明治十年二月には貨幣精図、七月には技手石井重賢の手で石版数回刷の着色画の製造が行なわれるなど、その技法は飛躍的な展開を見せるようになった》

それより五年前の明治五年六月、押印（表面の「明治通宝」と「出納頭」の割印、および裏面の「記録頭」の割印）未済の新紙幣（表面に鳳凰と竜の紋様のあるゲルマン紙幣）の五円札百枚が、厳重な監視にもかかわらず紛失するという事件があった。《当時紛失紙幣の探索方を各方面に通達した文中に、真贋の見分け方として「紙幣寮製の印肉は精良であるから、たとえ湯水で洗っても消滅することはないが、贋製の印肉は湯水を用い、指頭で摩擦すれば、たちどころに消滅する」と、その判別法を説明しているのもおもしろい》（「大蔵省印刷局百年史」）

「なるほどな。贋造紙幣にはずいぶん気を遣《つか》ったものですな」

ここまで聞いてきた前校長はきいた。

「あの複雑な紋様のゲルマン紙幣でも贋造の危険があったからです。だからこそ、得能紙幣頭が、新紙幣の第三回の印刷でナウマン印刷会社から銅版をとり寄せて紙幣寮で印刷するようにしたのであって、それは、国威のためだけではなく、ゲルマン印刷紙幣に『明治通宝』の朱文字と、割印とを彼地《かのち》で刷り込みさえすれば、真券と同じものになってしまう。つまりドイツでその贋造紙幣が造られて日本に持ちこまれる恐れを警戒したのですね」

「ああそうか。そこで藤田組はドイツで贋造紙幣を造らせて自分の会社へ送らせたという噂になるわけですね。『明治通宝』の朱文字と藍色の割印とを、印刷のできたゲルマン紙幣に刷りこめばいいのですから、贋造はドイツでも簡単にできるわけですな」

「そういうことです」

安田は手提鞄からもう一枚のカラー写真をとり出して、伊田に手渡した。さきほどの二円のゲルマン紙幣と、表裏ともまったく同一であった。

「ごらんください。これが二円ゲルマン紙幣の贋札です」

「え、これが贋札?」

伊田平太郎は、そこにある真券のカラー写真をとりあげ、贋札のそれと両手に持って眼を近づけ、交互に比較した。

「どうも信じられないですな」

彼は眼を擦《こす》るようにして云った。

「まったく同じものにしか見えんが。どこが違うんですかねえ?」

神岡女史も横からそれをのぞきこみ瞳を凝らしていた。

「表側から見てゆきましょう。中央上方にある菊の紋章、その芯《しん》を中心にした放射形の花弁の線が歪《ゆが》んでいませんか？」

「うむ。なるほど、よく見ると菊の御紋章の線が、いびつになっとりますな」

「鳳凰の頭が毛がなくて、まるで軍鶏《しゃも》の頭のようではありませんか？」

「うむ、うむ」

「鳳凰の胸の毛も粗《あら》いですね。真券のほうは緻密だが」

「うむ。そう聞くと、そうですな」

伊田は部分々々を見くらべていた。

「下方にいる竜二匹、真券のほうは細密だからぜんたいが黒くなっている。贋札のほうは粗いので、白っぽくみえる。竜の背の鱗《うろこ》、蛇腹の描き込みが足りないからです」

「そうですなア」

「それから朱色の『明治通宝』の書体にしても、真券によく似せてはあるが、肉太で、ぼたっとした感じです。真券の文字はスマートです。『金二圓』の字も贋造のほうはすこし野暮ったい」

伊田は安田の指摘にうなずく。

「それから『出納頭』の割印ですが、その小判形を縁《ふち》どっている紋様はきちんとなっているが、贋札のほうは曖昧《あいまい》な紋様です」

「そうですなア。なんだか胡魔化しているようですねえ」

「裏側を見てください。『記録頭』の割印の縁紋様も胡魔化している」

「うむ、うむ」

「中央の朱印『大日本帝國政府大藏卿』の両側に付いている菊花を見てください」

「おう、ほんとだ」

その細部を見くらべていた伊田は声を上げ、

「真券のほうは、菊花を縁どる線が太いのに、贋札のほうはその線が細い。地の唐草にまぎれて、菊花が見えないくらいですな」

「それが裏面の大きな違いです」

神岡女史は横から写真すれすれに眼を寄せていて、その豊かな頭の髪が、前校長の頬に触れんばかりであった。

「けど、安田さん。札の表側も裏側も、地紋はまったく同じとしか見えませんが。この、複雑にこみ入った地紋が真券のそれと変らないというのは、どういうことですかなア？」

「表の菊花紋章、『金二圓』の文字、鳳凰、竜、『明治通宝』の朱文字、『出納頭』の割印、裏の『大日本帝國政府大藏卿』の朱印、『記録頭』の割印、これらは手彫りで、複雑な地紋は彩紋といって機械彫りだからです。ですから、手彫りの部分で真贋の見分けがつくわけですね」

11

銅版彫刻は、一定の大きさの銅板の上に、防蝕剤《ぼうしょくざい》（輸入剤の Jungfern Wachs ＝白蠟に松ヤニを混入したもの、を用いた）を塗布する。その上を彫刻針などで画の線を描くと、その部分が掻き削られて下の銅の地が出る。それに薬液をかけると、防蝕剤を塗ったところは薬液は下に浸透しないが、針で削った描画の部分は薬液が銅板を腐蝕して深く凹《くぼ》む。これが手描きの凹版《おうはん》である。

輪廓や地紋に応用される幾何学模様は彩紋といって精巧な彩紋彫刻機による。やはり銅板に腐蝕剤を塗布したのち、彫刻機に付いたダイヤモンド針が線を削る。これが機械彫りである。こうして地紋は機械彫り、他はフリーハンドで彫刻針で彫る。紙幣、郵便切手、証券などはこの両の銅版彫刻が一体となっている。

このようにしてできた最初の凹版が原版である。この原版から印刷用の刷版をつくるのには、銅電鋳法によって複版し、版面にクロムめっきをほどこす。「大蔵省印刷局百年史」が、明治十年の段階で「電胎法」といっているのは、この銅電鋳法のことである。

またドイツより購入した「花紋彫刻機械」とはこの彩紋の機械彫りのことである。

前掲書には、明治七年にドイツのナウマン会社からの印刷関係の機械が四十二個の梱《こん》包《ぽう》となって船便で横浜に到着したが、その中の品目として、《一、クイルシャール機械、是ハ筋引ニ用ユ。一、パントグラーフ機械、是ハ筋及ビ紋形ヲ製スルニ用フ。一、単一押印機械、是ハ新紙幣ノ上模様押印ニ用フ》などとあって、銅版彩紋彫刻機の名が上っている。――

「ぼくが『大蔵省印刷局百年史』を読んだところでは、ざっとこんなところです」

安田は内容を紹介した。

「そういうことでは、地紋が手描きでは出来ん、機械彫りということがよくわかったが、してみると、贋札の地紋も真券と同じ機械彫りですな？」

伊田が声を強めて云った。

「そうです。ですから彩紋は両方とも全く同じです」

「そんな彫刻が、長庵先生に出来たかね？　いや、当時の民間で地紋の機械彫りが出来ましたか？」

「それは、むつかしかったと思いますよ。そういう機械はドイツ製の輸入品で、民間にはまだ無かったですからね」

「それごらんなさい」

伊田は眼を怒らせた。

「その点だけでも、熊坂長庵先生が贋札犯人でないことが明瞭じゃないですか？」

「そうです。わたしもそう思います」

「安田さん。あんたは、このゲルマン紙幣とやらのことをよく調べておいでになって感服のほかはないが、この二円の贋札はどこから手に入れましたか？」

「実物は知りません。ある出版社が雑誌のカラーページにこれを掲載したのを見て、その出版社から写真を借りてきたのです。その出版社も入手経路は云えないといって明かしませんでした。たぶん秘蔵家の手にあったのでしょう」

「この写真の贋札が長庵先生の造った二円札というのですか？」

「そこは、はっきりしませんが、昭和八年に『贋造通貨』という本が出ていて、これと同じものが写真版に載っています。著者は贋造通貨の研究家として、警保局の嘱託だった人のようですが、その写真説明では『この贋造紙幣は熊坂長庵の作品で、明治十三年に関西方面で発見されたものであります』と書いてありました」

「怪しからん。じつに怪しからん。贋造通貨の研究家ともあろう者が、こういう技術的な研究もしないで、噂どおりに長庵先生を贋札造りの犯人にするなんて……」

伊田は眼をむいた。

彼からカラー写真を手渡された神岡女史は、熱心にそれに見入っていた。

「伊田さん。ぼくがいま申し上げたのは銅版の技術面ですが、そのほか印肉といってい た印刷インキの開発、紙幣専用の用紙の開拓など、得能局長はいろいろと技術者を督励 して画期的なことをしています。それも一つには贋造防止の策からです。用紙なんかも、 王子に印刷局の抄紙工場を建てています。これは越前から和紙抄きの職人を呼びよせて、 三椏《みつまた》を入れた特漉《とくすき》の用紙をつくらせています。越前は和紙の産地で、今も奉書《ほうしょ》や鳥《とり》の子《こ》 などを製造しているが、維新政府になってからの太政官札の用紙もここで造られていま す。この特漉紙が使われるようになってからは、ドイツ製の破れやすかった紙幣がずっ と少なくなっています」

「この写真の贋札の用紙もその特漉の紙ですか?」

「いや、それはわかりません。写真だけで、原物を見てないものですから。だが、明治 十二、三年ごろにこれが出回っていたとすると、そんな上質な特漉紙ではなかったでし ょうね」

「それじゃ、手ざわりだけで、真贋の区別がついたでしょうに」

「いや、真券の用紙だって怪しいものだったのです。というのは西南戦争の勃発で、戦 費調達のため、不換紙幣の大増発となったのです」

西南戦争が起ったとき、華族の秩禄《ちつろく》公債などを基金に設立したばかりの第十五国立銀 行から、その発行すべき紙幣のうちから一千五百万円を借入した。それは破損紙幣の引換にする準備金だったが、それを戦費に投入した。しかし、政府の軍費はますます増加するばかりで、ついに巨万の不換紙幣を濫発《らんぱつ》せざるを得なくなった。そのぶん紙幣局（この年紙幣寮を改む）の紙幣製造がふえ、また緊急を要することになった。十年七月、大隈重信大蔵卿はこれを得能紙幣局長に命じた。

この命令によって製造された紙幣は、

《十円札が六十万枚（い・ろ・は・に・ほ・へ・と号各八万枚、ち号四万枚）、二円札が二百七十五万枚（「い」より「れ」まで十七記号各十六万枚、そ号三万枚）、一円札が八百五十万枚（「い」より「さ」まで各記号各二十四万枚、き号十万枚）――『大蔵省印刷局百年史』による。数字はママ》

であった。すべてドイツのナウマン会社よりとり寄せた原版によって印刷した。

これでも足りず、政府は十月になってさらにまた二千万円の増製を紙幣局に命じた。その内訳は十円札が一千万円、二円札が八百万円、一円札が二百万円で、前後の合計四千万円となったが、実際の製造額はそれを超えて、四千四百四十四万円余となった。西南戦争の終結とともにこの大増発も終ったが、多くは明治十年の製造にかかるものだった。

ところが、問題はその紙幣用紙である。特漉紙がそんなにおいそれと急場に間に合うものではない。

「得能良介君伝」には、旧部下の想出話を載せている。

《明治十年、西南戦争が勃発し、当時費用足らず、五六月頃、松方（正義）大蔵大輔より予備紙幣の印刷を命ぜられ、戦地より何日迄送金なくば戦争が出来ぬと催促あり。非常の場合に付印刷のため、四五日間も徹夜を続行したり。当時創業の際にて、刷版部員は皆若手のみにて気は立ち居るも疲れて、動《やや》もすれば後へ倒れんとし、又途中互に無意識に衝突するが如き状態さへあり》

《ある時、弐拾銭紙幣の急造を要し、紙は普通用紙の如き機械漉《きかいずき》を使用することとなりたり。予《かね》て贋造予防のことは八釜敷《やかましく》、若《もし》贋造が出来れば腹を切るとまで言はれ居り、若き輩は之を信じ居たるに、弐拾銭に普通の紙を用ふるは其《その》意を得ざる様《よう》に思はれ、自分と木村、高木三人にて、紙幣の紙は大切なるものにて贋造予防は紙を第一とせねばならぬ、然るに普通紙を用ふるは何事ぞと、之を三浦部長に陳述せしは夜の十時頃にして、三人は更に之を局長（得能）に具申せんと言ひ、部長も宜敷《よろしい》から行けと言はれ、更に局長方に赴きたるは午後十一時なり。こんなに遅く何しに来たかと問はれ実は今日弐拾銭紙幣急造に付《つき》、紙は普通紙を用ひること丶伺へり。然るに贋造予防は紙を第一とすべきに、普通紙を用ふるは面白くなし、之を贋造せんとせば出来ざることなしと述べしに、局長曰く、それは知り居れり。紙は大事なればこそ、抄紙部を建てしなり。然れども入費の都合もあり、急ぎのことなれば左様きめたるなりと。三人曰く併《しか》し大事の紙幣に、普通紙は如何《いかが》と、繰返したるに、局長卓を叩き、大声にて、汝等は印刷に従事し居るに、紙に重きを置きて、印刷に重きを置かぬとは何事ぞと、非常な見幕にて叱責せられたれば、三人そこ〳〵に帰り来れり》(山路良三元印刷部助役談話)

「この話は、二十銭紙幣のことですが」

安田は云った。

「戦費調達の紙幣大増刷、大至急のときですから、たんに二十銭紙幣にとどまらず、五円、二円、一円の各紙幣も普通の紙で印刷されたにちがいありません。当時は、各紙幣の印刷持場がみな違っていましたからね。たまたま二十銭紙幣を印刷する職人三人が、普通の用紙では贋造されるおそれがあると得能局長に意見具申に行ったまででしょう。そうしてみると、二円の贋造紙幣も手ざわりの感触だけでは、その紙質の真券が約三百万枚のうち三分の一は出回っているはずですから、とうてい真贋の弁別がつかなかったわけでしょう」

「要するに、用紙の方面だけを見れば、贋造紙幣が出回った明治十二年ごろは、贋造紙幣が造りやすかったということですな」

伊田平太郎は、話を呑みこんで云った。

「そうです。そういうことです」

「では、いったい誰がこの二円の贋造紙幣を造ったのでしょうか。あなたのお話をうかがうと、彩紋は機械彫りだから、民間では銅版に彫れなかったと云われる。そうすると……そうするとですな、犯人は紙幣局の内部の人間ということになりそうですが。銅版を外に持ち出して印刷したのでは？」

伊田は声をひそめて、安田の顔を見つめた。

「いや、それは無理です。ナウマン会社からとりよせた原版は最も大切なもので、おそらく責任者の紙幣寮彫刻局長が金庫に入れて厳重に保管していたにちがいありません」

「うむ、そうですかなア」

「得能紙幣局長は、各部の技術秘密保持と、管理体制に厳重だったのです。それは彼が紙幣頭時代に工場秘密の規定で、工場各部の作業はすべて機密扱いで、各作業間の交流さえ、いっさい封ずるという厳重さです。……ここに例の百年史から書き抜いてきましたが、たとえば、こういう規定です」

安田はその書き抜きを伊田に見せた。

《紙幣頭＝蘊奥《うんおう》の秘訣に至っては、工場長の手を経ずして紙幣頭直ちに職工に下命することあるべし。○工場長＝紙幣頭の特秘を除くのほか、すべて三局（彫刻・舎密《インキ》・刷版の各局）一般の秘訣を概知すべし。○彫刻局＝原版を製作し、印章を製作する、すべての秘事を概知すべし。○舎密局＝分析、製薬、肉製（インキ製造）の三部の秘事を概知すべし。○刷版局＝料紙、刷版、検査等すべての秘事を概知すべし。○彫工部＝隈取器《くまどり》械の運用及び下絵あるいは、大を縮めて細となす等、所謂《いわゆる》ハンドグラフ第一原版を製造する、すべての秘事を担当すべし。○凸版部＝所謂エルヘート第二原版を製造する、すべての秘事を担当すべし。○凹版部＝所謂クラッチュ第三原版を製造する、すべての秘事を担当すべし。○装飾部＝地紙《じがみ》の秘密より総仕上に至るまで、すべての秘事を担当すべし。○電胎部＝電気をもって実用版を製造する、すべての秘事を担当すべし。○銅版部＝極細密の絵紋等は、蒸気機をもって刷立《すりた》つべからず、是等は人工をもって刷立てる精緻の事業すべての秘事を担当すべし》

「うわァ、これはたいへんなものですなア。全部が全部、秘事ずくめですなア」

前校長は一読して驚歎した。

「いまのわれわれの知識では、ここに書かれている技術用語がどういうことだか分りませんが、とにかく、いまでいえばノウハウづくしの紙幣製造所だったわけです。こんなぐあいですから、内部の者が原版を外に持ち出すことは、まず困難です」

「そう聞くと、なるほど、そうですなア」

12

「それにね」

安田はつづけた。

「職工が局内の作業場に出入りするにも、その手前で真裸にならなければなりません。まず鑑札引換所で名札と鑑札とを引換え、脱衣場で褌《ふんどし》も外すんです。床からの高さ五十センチくらいの赤の丸太棒をまたいで通る。検査員が横にいて、隠しているものはないかと、じっと監視しているんです。帰るときはその逆でした」

「江戸時代に金・銀座（金貨や銀貨の製造所）に働く職人はそうされていたとは本で読んだことがあるが、明治の貨幣局になっても、そんなことをやっていたのですかねえ」

「人権無視もいいとこです。さすがに大蔵省から止めるように勧告されたが、得能局長は頑として拒絶し、それをつづけていたのです」

「得能良介というのは、よほど頑冥固陋《がんめいころう》、一徹な人物だったのですな」

「いわば仕事の鬼ですね。そのかわり人情のこまやかなところもあったようです。彼の旧部下がみなそのことを『得能良介君伝』で云っています。まあ伝記につきものの讃め言葉といえばそれまでですが、実際にもそうだったようです。……仕事の鬼といえば、紙幣寮のころから、女工にも出入りに赤い丸太棒またぎをやらせていました」

神岡女史が顔を下にむけた。

「なに、女工に？」

前校長はおどろく。

たのです」

「さすがに下襦袢《したじゆばん》と短い腰巻はつけさせていたようです。それを女工取締が監視してい

「やっぱり封建時代の名残りがあったんじゃなア」

「紙幣寮では、女工の採用条件として十八歳以上四十歳以下の者として、その監督者として、『目附《めつけ》』と『小目附《こめつけ》』とを置いたのです」

「目附とか小目附など、幕藩時代の名称じゃないですか」

「そうなんですが、まだ適当な職名が浮ばなかったんでしょうね。小目附以下を統率するのが目附役なんです。得能紙幣頭は、この目附役を最も大切なものとして考えていたのですが、その目附役の一人に採用されたのが、曾《かつ》て部下の紙幣寮少属だった宮尾矯《たかし》の未亡人の梅子です。この宮尾少属は、明治六年に藩札交換のため九州に出張中、福岡県で県民の暴動に遇い、暴徒にとり囲まれて自決した人なんです」

「どうして藩札引換に暴動が起きたのですか？」

「当時、福岡県地方一帯は激しい旱魃《かんばつ》に見舞われて、すべての田は稲が立枯れるありさまでした。それだけでなく年々上昇する物価に農民の生活は極度に窮迫していました。この餓死寸前の農民の苦痛と不満とが、新政府に対して怒りと詛《のろ》いになっていたのですね。そこから農民一揆《いつき》が起って、物持ち、分限者《ぶげんしや》の家々を襲撃して破壊するようになり、その騒ぎはまたたくまに県下一円にひろがってしまいました。このとき、藩札引換の用

件で福岡から小倉へ行く途中の宮尾少属の一行は、暴徒と遭遇しました。暴徒は県庁へ、県庁へと押しかける途中だったので、宮尾一行を見て、それ政府の官員だ、打ち殺してしまえと叫んで、竹槍で囲んだのです。宮尾は敵一名を刺したが、衆寡敵せず、退いて付近の寺に入り割腹しました。そういうわけで、得能は殉職した部下の未亡人を紙幣寮の目附役に採用して、これを救済したのです」

「それが得能の人情ですか」

伊田は興ざめな顔をした。どこにでもある、ありふれた話だと云わんばかりであった。ただ、神岡女史の顔に一種の感動の表情が流れていたのを、安田も伊田も気がつかなかった。

「旧部下の未亡人を救った話の『得能良介君伝』のほうはそれきりですが、その福岡県の百姓一揆では、『大蔵省印刷局百年史』に、ちょっとした発見がありましたよ」

「どういうことです」

「ちょっと、そこをわたしの書き抜きから読んでみましょう。『(一揆の)急報を受けた福岡県庁から(明治六年)六月十八日、典事月形潔が権大属小野新路と修猷館《しゅうゆうかん》(藩校)の学生隊を率いて暴動鎮圧のため出動し、つづいて典事大谷靖が学生隊と士族隊を率いてそのあとを追った』……」

「ちょ、ちょっと待ってください。福岡県庁から、典事の……?」

伊田はあわてて聞き返した。

「典事月形潔、です」

「月形潔というと、この樺戸集治監の？」

「そうです。初代典獄です。月形潔は福岡藩の士族でした」

伊田平太郎は、神岡女史と眼を見合わせ、茫然とした顔をした。

そうして、この元典獄室にも掲げられてあるベタ金肩章の、将軍にも似た初代典獄月形潔の頬髯《ほおひげ》の肖像を見上げた。

「そんなところに、この集治監の初代典獄の名が出るとは思いませんでしたな。贋造防止に躍起となっていた得能紙幣頭、その得能の旧部下を死にまきこんだ福岡県の百姓一揆に樺戸集治監初代典獄月形潔の名が出るとはなア。そのまた月形の集治監に、こともあろうに贋札造りの犯人にされた熊坂長庵先生が無期徒刑囚でつながれていたとはなア。……はてさて、世の中はいかなる宿縁因果で結ばれているものやら、人間万事、分らぬものじゃなア」

前校長の感慨は、いささか芝居もどきの語調だった。

神岡女史は低いがきれいな声を出した。

「ほんとに伊田先生がおっしゃるように、人間関係の見えない糸の操りはふしぎでございますわ」

いったんそう云ってから、語をついだ。

「そこで、安田さん。話をもとに返すようですけれど、さきほど贋札犯人について、西南戦争後に紙幣を大増発していた大蔵省印刷局の内部説が出たようでございます。すこし煮つめたところをお聞かせ願いたいですわ」

「いや、内部説の煮つめたところとおっしゃっても、じつのところ、推測も臆測も出ないわけですよ」

安田は青いコートの、知的に見える顔にむかって云った。

「……さっきもお話ししたように、各局各部はすべて秘事ずくめ、それを守るために相互の交流はなかった。職人・職工・女工は全員が作業場の出入りに裸で丸太棒跨《また》ぎの、非人道的な厳重検査とあっては、銅版の欠片《かけら》一つ持出しは不可能です。これでは、いかなる謎解き屋もお手上げですよ」

「そうですか」

神岡女史があまりがっかりした顔をしたので、安田は気の毒半分、お調子半分の気分になって云い出した。

「ただ、ぼくにも若干の推理がないでもありません。ただし、これは推理というよりも臆測、臆測というよりも空想に近いので、そのおつもりでお聞き捨てください」

「ぜひ」

女史が細い眼を輝かした。

「ぜひともうかがいたいです」

伊田があとにつづいた。

「先刻、紙幣寮で石版を刷っていたと言いましたね。こう申し上げたはずです。……もともと寮の石版部門は、初め銅版転写をもって、紙幣の偽造品を作製し、彫刻、製肉（印刷インキの製造）および印刷者の敵手となって相互に専攻し合い、防贋方法を研究するために設けられたもので、石版による製品製造は直接の目的ではなかった、とね」

「たしかに、そううかがいました」

伊田が緊張した眼になった。

「紙幣の真贋を鑑別する方法として、紙幣寮では内部で石版刷りの贋札を試作していたのですね。真券にできるだけ近い紙幣を造る。それは当然に模造しやすい真券の弱点を狙うことになります。真券はそれによってその弱い点を改める。真贋の攻防戦をやっていたわけです。それによって真券と贋券の鑑識眼を養っていたのですね。もちろんこれは製版、舎密、印刷《インキ》関係の技術者が極秘に行なっていたことです。彼らはこうして、真券班と贋券班とに分れて、互いに攻め合って、贋造防止の研究をしていたというのです。その防贋研究のために、石版部門を造ったところが面白いと思います」

「そのころの石版は、そんなに精巧なものが造れたのですか?」

神岡女史がきいた。

「造れたようです。さきほども言いましたように、アメリカ人のポラルドという名石版工を明治九年から十一年まで三年間紙幣寮に傭《やと》って、寮員にその技法を教えたとあります。その石版で美術絵画を印刷するようになったのですから、技法の進歩は大したものです」

「そうすると、その防贋研究用の石版贋札を、内部の者がこっそりと外へ持ち出したのが、明治十二年ごろから出回ったのでしょうか?」

「それはむずかしいんじゃないですかな。外部へ持ち出すといっても、作業場から帰るときは工員が真裸になってきびしく検査されるのですから。一枚も持ち出せませんよ」

伊田が女史の言葉を遮《さえぎ》った。

「いや、伊田さん。それは一般工員の規程です。管理職員だったら、その裸体検査はなかったはずです」

安田が云った。

「そうか。高級職員だったら、その規程は適用されなかったのか。それなら隠して持ち出せたわけか」

「ところが、その推測には無理があることがわかりました。一つには、その試作による贋札は部内に厳重に管理されていたに違いないから、持出しはとうてい出来なかったであろうことです。もう一つは、原版を石版に転写しても、石版印刷となると、鮮明に刷り上がるものです。石版は平版ですから、きれいに画が出来るのです。だからこそ美術作品を刷るようになったのです。ところが、ぼくがお見せした二円のゲルマン紙幣の贋札は、写真でもお分りのように、線がかすれていますね。部分的には切れたところもある。石版ではこうはなりません。平版ですから、印刷インキの盛りでむしろ線が太くなるのです。その道の人は、線がヘタると云っていますね。けっきょく、二円贋札は石版刷りではないと思います」

13

「そうすると、あとはどのような方法が考えられますかな?」

伊田が、もどかしそうにきいた。

「そうなると、ぼくにもいい考えが浮びませんが」

安田は、手もとの贋札に眼を遣《や》って云った。

「あとは、思い切った推測ですが、町の銅版彫刻師が真券を手本にして贋札を模刻したことですね。それよりほか考えられません」

「その根拠はあるのですか？」

「そうおっしゃられると困りますが、『得能良介君伝』には、天皇が明治九年に紙幣寮の工場へ行幸したときの得能紙幣頭の上奏文が載っています。さきほどもお読みしたように、その一節に、紙幣の『彫刻は専ら機械に藉《か》り、緻密を旨とす、故に模刻し易し、是を以て終《つい》に贋偽描改等の弊を生ずるに至る』とあります。つまり、得能によれば、緻密な彩紋の機械彫りでも、それが緻密なことによってかえって模刻がしやすく、贋札の弊害が出る、というのですね」

「そのころ、民間の銅版彫刻技術は、そんなに進歩していたのでしょうか？」

神岡女史がおとなしい声できいた。彼女は相変らずメモを持ち、ときどきボールペンで書きとめていた。

「よほど進んでいたようです。当時は松田緑山、柳田竜雪などという有名な銅版彫刻師が居て、弟子も多かったそうです。例のキヨソネが欧州の銅版彫刻技術を持ってくるまでは、紙幣寮の仕事をしていたと『大蔵省印刷局百年史』にはあります。こうした職人銅版彫刻師は名人芸を持っていますからね。機械彫りの彩紋でも、手彫りでこつこつと彫ったと思います。彩紋が緻密なほど模刻されやすいという得能紙幣頭の憂いは、ここにあると思います」

「それでは、そうした銅版彫刻職人が、十二年ごろから出まわった二円のゲルマン紙幣を彫ったのですかな？」

「松田、柳田といった人たちがその模刻をしたとは思えませんが、かれらの腕のいい弟子なら可能性があると一応は考えました。しかし、この推測にも障害があります。第一に、二円の贋造紙幣は、発見されたものが全部で二千枚程度ということになっています。それぐらいでは、この紙幣の表と裏を彫るのに、勘定の上からいうと、ワリが合いません。表にも裏にも、一面に淡い色の地紋があります。主体紋様と地紋の二度刷りになっています。それに、表と裏に赤版、割印二つの藍版、番号の濃紺版が加わるから、全部で九版の彫刻ですからね。たいへんな手間ですよ」

「そうでしょうなア」

伊田が白髪の多い頭をうなずかせた。

「それよりも大きな疑問は、緻密な彩紋を真券のとおりに彫れた彫刻師が、なぜ主体紋様を真券に近く模刻できなかったか、ということです。さきほど贋札を見ていただいたように、菊花紋章は花弁の線が歪み、鳳凰も竜も線が粗いです。また、裏側の『大日本帝國政府大藏卿』の朱印の両側にある菊の模様も、真券は厚い縁《ふち》の線になっているのに、贋札のほうは細い線です。この稚拙は機械彫りを模刻したほどの腕をもつ職人には考えられぬことです」

「そうですわね」

神岡女史は、贋札にあらためて見入っていた。

「そこで、この複雑緻密な彩紋は、やはり機械彫りとしか考えられません。このとおり真券と一分一厘違いませんからね。いくら名人彫刻師でもこうは巧みに彫れません」

「機械彫りというと、そのころ民間にも彩紋彫刻機がドイツから入っていたのでしょうか？」

彼女は長い頸をすこし傾《かし》げるようにした。

「それはとうてい考えられませんね。彩紋彫刻機は法外に高い値段です。それに政府が輸入を民間業者に許可するはずもありません。また、かりに彩紋彫刻機だけを入れたとしても、それだけで印刷ができるわけではないでしょう。明治七年に政府がドイツのナウマン会社から買い入れた印刷機械一式は、運賃を含めて約二万円で、大きな梱包《こんぽう》にして四十二個という多さでした。もっともこれには、二重押印機とか断裁機とか蒸気運転機械とか、直接印刷に関係のない機械も入っていますが、そういうのを除外したり、必要な機械でも最小限度に節約したとしても、たいへんな金です」

「民間では無理ですわね」

「それだけでなく、問題は印刷インキです。当時の名称の舎密という印刷インキの開発に紙幣寮の技術者たちがどんなに苦労したかを『大蔵省印刷局百年史』は詳しく述べています。この製法が極秘で、その秘事は他の局部長にも絶対に知らされていなかったのは、さきほどぼくが読み上げたとおりです。……ところが、この贋札の印刷インキの色は真券とすこしも変らない。科学的に分析すると真贋の印刷インキは違うかもしれませんが、このカラー写真で見るかぎりは、真券の色に似せているというよりは贋札も真券と同種の印刷インキだと思います。こういうようなことを考えると、民間で銅版を模刻して贋札を印刷したということは絶対にあり得ないですね」

伊田も神岡女史も、安田のその意見に賛成した。

「こうした推測は行き詰りました。けれども、贋札は歴然と存在していた。関西方面を中心に約二千枚発見されています。げんにこうしてここに一枚の写真があります。これをどのように考えたらよいか。推理が壁につき当ったとなると、あとは大胆な臆測しかありませんね」

「うかがいたいですわ、それを」

「それはね、当時の世間の噂に戻るようですが、この贋札もドイツのナウマン会社で刷ったということです。日本政府がナウマンからゲルマン紙幣の銅版を引き上げたのが明治九年です。ナウマンではその時点から、日本紙幣印刷機械が不用となったのです。だから、同社が最後の機会に贋札を刷ることもできたはずです」

「それだったら贋札の地紋はドイツの彩紋彫刻機で、向うで彫刻できたことになって不自然はありませんね。けれども、主模様の鳳凰、竜、菊花紋章、大蔵卿の朱印などが真券のように整っていないのはどういうことでしょうか」

「ごもっともです。それもぼくは考えてみました。いや、臆測してみました。その結果得た空想はですね、真券の原版の銅版はすでに日本政府の要望によって駐独日本公使に引渡してしまった。真券の銅版がないとなると、大急ぎでまた銅版を彫刻しなければならない。そのときに、真券を彫刻した職人が辞めるかどうかして居なくなっていたと仮定しましょう。そこで代りの者が二円の日本紙幣を手本に銅版彫刻した。地紋は彩紋彫刻機の機械彫りですから、寸分違わないものができた。けれども、菊花紋章、鳳凰、竜、大蔵卿の朱印などは手彫りです。彫刻する職人が下手だったので、この贋札に見られるように、まことにきめのあらい、お粗末なものができたわけですね。それと、事情があって、大急ぎに彫刻させたということもあるでしょう」

「事情といいますと?」

「贋札の注文主の事情です」

「注文主って、だれですか?」

安田は大きな呼吸《いき》を吸って、答えとともに吐き出した。

「明治九年のクリスマスの季節に、ロンドンからベルリンに来ていた元老院議官井上馨です」

聞いた両人も息を呑んだようだった。

「これはどこまでもぼくの空想です」

安田は言った。

「井上がドイツに行ったのは明治九年の末です。ナウマン会社の日本紙幣の原版は、その年の半ばにすでに日本側へ引渡してしまった後です。そうしてベルリンでの井上の行動が『世外井上公伝』では空白に近くなっていること、当時の世評がこれに結んで、井上はドイツで贋札を印刷させて、それを藤田組へ密送させたというあとあとまで消えなかった噂、それに井上は笑って答えなかった、という伝記の一節がありますが、彼のふしぎな沈黙、さらにもう一つ加えると、井上は明治三年に大蔵大丞兼造幣頭として大阪に日本最初の造幣寮を造り、紙幣のことに詳しかったということも参考になりましょうね」

雷鳴を頭上に聞いたように伊田前校長も神岡女史も沈黙した。安田もまたあと何も云わなかった。

三人は儀式の出席者のように厳粛な表情で静寂の中に身を置いていた。

伊田が高い咳払いをしてその沈黙を破った。

「とにかく」

と、彼は云った。

「贋札が長庵先生の作でないことは、これで決定的になりましたな」

「はい。絶対にそうではありません」

安田が答えると、神岡女史もうなずいた。

「まあ、わたしとしてはですな」

伊田は重々しい声でつづけた。

「贋札造りの経路がどうあろうと、長庵先生は無関係だという結論に満足します。これまでもそう確信しとりましたが、今日の安田さんのきわめて綿密なご調査による科学的なお話によって、それがますます明確になりました。ありがたいことです」

前校長の声が潤《うる》んできた。

「長庵先生に対する判決文はきわめて杜撰《ずさん》です。荒っぽいです。贋札の銅版を画工の長庵先生が彫刻したとあるが、しかし、だれがそれを製版し、だれが印刷したかは全然書いてない。印刷インキをどこで入手したかもふれていない。まるで長庵先生がひとりで贋札の銅版を彫刻し、製版し、印刷インキを造り、用紙を買い、印刷したように判決文は断定しています。印刷機を自宅に持っていたというが、どんな印刷機かまったく書いていません。こんな大がかりな贋札造りに共犯者が一人もいない。そんなバカなことはありません。判決文が作文だということがわかるし、安田さんのいままでのお話を聞いてもそれがはっきりしています。逮捕に行ったとき、長庵先生宅から贋札が見つかったと判決文にあるが、これは警察官が持って行ったものでしょう。『証拠』造りに官憲がよくやる手段です。……わたしはね、長庵先生の上告文中に『原裁判所ハ精神錯乱中ニ写シタル妄説ヲ信ジ紙幣偽造者ナリト無期徒刑ヲ言渡サレタルハ不法ナリト思考ス、因テ破毀ヲ願フ』とあるのを読むと、先生の心中を想って悲憤の涙が出ます。精神錯乱中の妄説とは、警視庁でひどい拷問に遇って心神喪失状態になり、その無意識の中で警察官の言いなりに嘘の自白をさせられたことでしょう。戦前の警察の拷問がいろいろと云われていますが、明治初期の警察の拷問といったら江戸時代と同じに言語に絶したものです。それはこの資料館に展示してある囚人の脚に鎖で付けた重い鉄丸でもわかります。ほんとに先生はお可哀想です」

前校長はわざわざ椅子から立ち、安田に深々と頭を垂れた。

「安田さん。おかげさまで長庵先生の汚名が救われます。ありがとう、ありがとう」

「そうおっしゃられると困ります。ぼくこそ、長々とお話しして、ご迷惑をかけました」

「ほんとうに有益なお話を、ありがとうございました」

神岡女史も傍から礼を述べた。

このとき、受付の女子職員が遠慮そうに入ってきて、閉館時間が迫っていることを静かに告げた。

「おお、もうそんな時間になったか。ほんとだ、四時になっている」

雨で、日暮れの早い春さきの窓の外はよけいに昏《くら》かった。

伊田平太郎はガラスケースの前に進み、陳列の熊坂長庵筆観音図にむかって手を合わせ、しばらく口の中で称名《しょうみょう》をとなえていたが、それがやむと観音図を屹《きっ》と見つめ、大きな声をかけた。

「先生。薄幸なご生涯でした。それは、先生が熊坂長庵という不運なお名前を持たれたからです。まことに理不尽なことでございます」

むき直ったとき、伊田の眼の方向に月形典獄の肖像があった。彼はそれを睨みつけた。無実の熊坂長庵を死ぬまでこの獄につないで鞭《むち》を振った月形潔が、魔王とも映ったのであろう。

三人が第二展示室を出ると、背後で女子職員が灯を消した。

第一展示室では、伊田、安田、青いコートの女の順で出口へ向って歩いた。まわりの陳列ケースにならべられた囚人用の鉄丸、連鎖、護送用編笠、赤い囚徒服、手錠などが一斉に一行を見送った。それにまじって、看守長や看守の金筋入りで桜花章の威厳ある制服と帽子、鍍金《メッキ》の桜をちりばめた洋刀《サーベル》の柄《つか》と抜身の白刃。消える前の照明にそれらが一斉に燦《きらめ》いた。この明治の銅版画の世界に、三人の観覧者もその添景人物になったような錯覚をおぼえた。

歩いている安田の視線に壁間の「明治二十年頃の樺戸集治監」の写真がとまった。白樺や蝦夷松《えぞまつ》の森を背景に木造の獄舎がならんでいる。前に石狩川が帯のように流れている。川には船が浮び、獄舎前の粗末な桟橋に囚人たちが資材を荷揚げしている。——この川の形はほかの土地で見た川に似ていると安田はふと思ったが、口には出さなかった。

受付の前を通るとき、残った女子職員の顔が微笑しておじぎをした。

「や、どうも。おそくまでお邪魔しました」

前校長はにこにこして礼を返した。最初怒鳴りこんできた反省と、自分らどうしの長い話合いの結果に対する満足とがみえた。館長も町長もついに姿を現わさなかったことには不満が残っていたろうが。

もう一晩、この月形町に泊るという伊田平太郎、バスで岩見沢駅に出て札幌のホテルに戻るという神岡女史、そしてすぐ近くの月形駅から札沼線とバスを使って旭川への乗換駅滝川に向う安田の三人は、行刑資料館の前で挨拶を交して、それぞれの方向に別れた。後姿に前校長の白い頭が目立った。

月形駅のホームに立って安田は町のほうを眺めた。樺戸行刑資料館での長い話のあとの軽い昂奮が彼を捉えていた。いかにも穀倉地帯の集散地にふさわしい米穀倉庫の切妻《きりづま》の高い屋根が、密集した住宅街の上にならんで見える。明治二十一年、監獄用地の一部払下げをうけて新潟県人八十戸が移住、その後も払下げを受けて農家がふえ、移住者も増加して、三十九年に二級町村制を施行した、人口は現在約一万、と月形町の案内にあった。《従来ノ状況ニ由リ考察スルニ、払下耕作ヲ許スニ至ラバ、三四千町ノ地ハ本監近傍ニ於テ払下ヲ請願スル者アルヤ疑フベカラズ。斯《か》ク、土着人民ノ三、四百戸モ此地ニ住居シ、二、三千町歩ノ田圃ヲ耕作スルニ至ラバ、仮令《たとい》集治監ヲ他処ニ移転スル等ノ事アルモ、月形村ノ繁昌ハ、永ク北海道ト共ニ開明富饒《ふじよう》ニ赴クベク》と、明治十四年に中央に出した月形典獄の上申書通りになったのだ。

北漸寺境内に明治三十九年に建立《こんりゆう》された月形潔の記念碑（題字・西郷従道、碑文・宮内大臣土方《ひじかた》久元）がある。内務省監獄局准奏任御用掛月形潔が、役人二十人、熊坂長庵を含めた重罪囚人四十人を率いてこの地の集治監に来てから二十五年後のことであった。月形自身は任を解かれたのち、二十七年一月に郷里福岡で死んだ。

安田は「藤田組贋札事件」の調べを思い立って、月形潔の生地、福岡県遠賀《おんが》郡上底井《かみそこい》野《の》村（現在は中間《なかま》市）を訪ねたことがある。土地には月形姓の家は一軒も残ってなく、月形潔の名を知る故老《としより》は一人も居なかった。その墓は、父祖が藩儒だった福岡市内の寺にある。月形は樺戸の住民から、村の名を月形村としたいという要望を聞いて「これで月形死すとも月形の名は残る」とよろこんだと「樺戸監獄史話」にはある。

月形が熊坂長庵を繋《つな》ぐ樺戸集治監の典獄となった意味を安田は考えた。長閥の大官連にとって憂患である長庵をその獄死まで厳重に監視するのが彼の就任に課せられた目的だったのではあるまいか、と想像するのである。長庵が獄中からふたたび無実の愁訴を出したり、脱走してこれを世に愬《うった》えたりしたら、ことはたいそう面倒になる。世間では長庵が贋札犯人でないのを信じている者がなお多かったからである。

　月形典獄は、おそらく長庵の無罪を知っていたろう。獄中で、長庵に絵筆と紙と絵具などを与え、自由に好きな絵を描かせていたのも、その冤罪を憐れんでのことかもしれない。長庵が集治監を「画窟」と称したところにもその待遇ぶりが窺《うかが》えるように思える。

　月形潔は典獄を辞めた後、明治十九年四月、位記返上を命ぜられたとは「明治過去帳」（大植四郎編）の記載である。何故の位記返上命令か。もしそれが処罰の意味だとしたら、彼にどういう落度があったのであろうか。安田はこれも気にかかっている。

　安田は、福岡県遠賀郡上底井野村を訪ねての帰り、タクシーで遠賀川沿いの道を走った。道路は川の堤防にある。このあたりの川の様子が、さっき樺戸行刑資料館で眼にとまった写真「樺戸集治監全景」にある石狩川の形とよく似ているのだ。似ている川はもう一つあった。神奈川県愛甲郡愛川町すなわち旧熊坂村の前を流れる相模川である。安田は長庵の旧家を尋ねたとき、この川も見ている。長庵の家は無く、いまの消防署のあたりだったという。隣に、門の扉に乳鋲《にゅうびょう》を打った寺のような広い豪農の古い屋敷があった。昭和に大川周明が住んでいた家である。屋敷内に白壁の剝げた土蔵があった。当時、長庵はこの土蔵の中で贋札を造っていたと言いふらされた。

樺戸集治監前を流れる石狩川を毎日眺めて、熊坂長庵は再び帰ることのない故郷の相模川の流れを想い、月形潔は自分が忘れられた故郷遠賀川を想っていたような気がする。早春になると、この川土手《かわどて》には土筆《つくし》が群生する。熊坂長庵は明治十九年四月二十九日に死んだ。無期徒刑囚だが、晩年には釈放されたと生地の郷土史家は言っている。釈放されたとしても故郷には帰っていない。彼の晩年の様子は不明である。十九年の死亡なら、まだ数え年四十三歳であった。

彼の墓は、月形町内南耕地篠津《しのつ》山の囚人墓地にある。処刑・獄死併せて千二十二本の木製卒塔婆《そとば》の一つに、「俗名熊坂長庵」の文字がある。字は長い年月の風雨と積雪とに黒ずんで、よく読めない。――

さっぴない、おそきない、さってき、しもとっぷ、など札沼線の駅名を読みながら安田は、白頭短軀の前高校校長伊田平太郎と、上背があって眼が細く頸の長い、神岡とのみ告げる青いコートの女を思い出していた。夕闇の中にうら寒い雨催《あまもよ》いの風景が窓につづいていた。

14

それから一カ月ばかりして、京都の或る私立女子大学の名が入った部厚い封筒を安田は受け取った。その活字の横には「神岡麻子」とペンで書いてあった。

樺戸行刑資料館では、偶然にお眼にかかり、伊田平太郎氏とごいっしょに、有益で興味深いお話をうかがって、ありがとうございました。とても愉しい一日でした。あのように充実した時間は、わたくしにとってめったにない機会でございました。

その節はなんとなく気おくれがして申しそびれましたが、わたくしは、神岡麻子と申しまして、表記の女子大学で助教授をつとめている者でございます。専攻は中世史でございます。資料館ではお名刺を頂戴しながら、気恥しさについ口ごもって、たいへん失礼しました。幾重《いくえ》にもお許しくださいませ。

あの日の三日前、わたくしは札幌で開かれた学会に京都から出席し、その最終日の翌朝に月形町に行き、行刑資料館を参観したのでございます。中世史と樺戸集治監とはもとより関係がございませんが、わたくしなりの興味からでございます。その興味とは、あとで申し上げるような事情と関連しております。

「藤田組贋札事件」のあなたの行き届いたご調査には心から敬服いたしました。また、それらの材料を組み立てた帰納によるご推説の鋭さに感銘いたしました。お話に引き入れられて、閉館時間になるのを忘れたほどでございました。

贋札犯人が熊坂長庵でないことは、もうすでに疑う余地はございません。長庵を郷土の先輩に持たれる伊田氏の悲憤慷慨《こうがい》は尤《もっと》もと思います。長庵が西南戦争後の薩長閥権力争いの犠牲となって逮捕され、いわゆる政治裁判にかけられたことも間違いないと存じます。

では、ゲルマン紙幣二円札の贋造をした犯人、または犯人グループは誰かということになりますが、あのときのお話でもはっきりした結論が出なかったように、いまとなっては突きとめようもございません。尾佐竹猛氏の「疑獄難獄」のように判決文にしたがって犯人を熊坂長庵に決めてしまえば、ことは簡単ですが、尾佐竹氏の論理が粗雑であることはお話に出たとおりでございます。

そこでわたしはかねてからこの事件に抱いていた感想、そしてあなたのお話をうかがってからさらにそれを熟考してみたいくつかの点を、事実関係のデータに絞って申し述べたいと存じます。問題の要点を次の項目別に簡単にしましたのは、焦点がはっきりとするように思われるからでございます。

①幾何学的地紋は、当時の民間に彩紋彫刻機の設備がないので、したがって二円贋札は民間で造られたのではないこと。

……これはあなたのご指摘のとおりだと存じます。緻密な紋様だから模刻されやすいと得能良介紙幣頭は上奏文で言っていますが（「得能良介君伝」）、贋券の地紋を見ますと、模刻したとはとうてい思えません。線はかすれ気味ですが、同一彩紋彫刻機によって彫られた銅版を使用して印刷されたものと存じます。

そのことから、贋券は、日本紙幣を刷っていたドイツのビー・ドンドルフ・シー・ナウマン会社が、明治九年に原版を日本政府に引渡して日本紙幣の印刷を中止した直後、新たに特殊な「注文主」によって再び銅版を彫刻して印刷したのであろうというご推論は合理的であります。これだと、同じ彩紋彫刻機は同社にありますので、同一の地紋が贋札に利用されてもふしぎではありません。地紋は絶対に模刻ではありません。
②にもかかわらず、手彫りの部分が粗いこと。
……これは真券の銅版彫刻職人と、贋札のそれとが別人であったこと、早急な注文に間に合わせるために職人が時間に追われて彫った結果、あのように粗末になったこと、などのご指摘にも敬服いたします。地紋の細密に比して手彫りの主要紋様（菊花紋章、鳳凰、竜、大蔵卿の朱印、出納頭・記録頭の割印）の粗末という不均衡は、ご推定によって解決できると存じます。
③贋札の早急なる「注文主」がドイツ滞在中の井上馨だったろうこと。
……この大胆なご想像には、すこしおどろきましたが、すでに当時から世間に噂されたことでございます。「世外井上公伝」にある彼のベルリンにおける空白の行動からこれを引出されたことは、まことに失礼な申上げようですが、お手柄かと存じます。史眼とはこういうものかと、わたくしも教えられるところがありました。

④印刷インキのこと。

……いくら銅版があっても、印刷インキがなければ贋札は刷れません。明治九年に紙幣寮ではじめて紙幣を印刷するにあたって、いわゆる舎密が苦心の末に開発されたこと、およびこれが極秘扱いであったことは、「大蔵省印刷局百年史」に詳しく出ているとおりであります。贋札の色彩を見るに真券と同じであり、色の濃淡もありません。ただし、二色刷りとなっている下地の彩紋の色が真券よりも薄いのは、化学的現象による褪色《たいしょく》と思われます。淡青色は日光に弱く、色が褪《さ》めやすいのです。けれども真券の地色は淡青色を保っております。ここに真券の印刷インキと贋札のそれとに化学的成分の相違があるように思われます。その相違があるにしても、当時民間に真券に近い色の印刷インキが市販されていたとは思えません。また、贋札犯人がこの印刷インキを密造し得たとは考えられません。

⑤二円贋札は、近畿地方を中心に各府県が中央の大蔵省出納局に納入した租税の現金の中から発見されたこと。

……これはあのときのお話にはあまり出なかったようです。でも、わたくしには、これがクセモノのように思われてなりません。

ご承知のように、明治六年から租税を大蔵省に送納するのに、従来の三井組・小野組・島田組の両替商が各府県の支店と連絡して為替を組み、これを第一国立銀行に振り込んで大蔵省に収納せしめる方法と、現金を輸送するのと二つの方法がありました。現金輸送は東京までの人馬の旅行やそれの警衛など不便な点が多いのと、為替の方法がしだいに送納の専用になったために、現金送付の場合は非常に少なかったようです（「明治財政史」其他）。

二円贋札が府県別に判明したことも、大蔵省出納局長がこれを警視庁に内報して川路大警視の探索となったことも、また贋札が合計約二千枚という数の少さも、それが租税の現金納付の中にあったことがわかります。

問題はここにあると思います。贋札は、流通過程では一枚も発見されておりません。店舗の売上金の中からも、商人間の支払い授受の現金からも出ていません。すべて大蔵省出納局に入った租税の現金の中からのみであります。

贋札の紙質が粗悪で手ざわりがおかしいとか、地色が薄いとか、あるいはよく見れば鳳凰や竜の線が粗くて、真券の黒いまでに濃密な線にくらべて贋札のそれは白っぽいとか、菊花紋章の放射形線が歪んでいるとかなど、流通過程で気づく者がすこしはあってもよさそうなものですが、そういう届出は一件も載っていません。

ということは、この二円贋札紙幣は、はじめから民間に流通していなかったのではないでしょうか。つまり大蔵省出納局の納入金に、贋札の全部が混入されたという可能性がたいそう強くなります。

⑥石版印刷贋札による真贋鑑定のこと。

……ここで、にわかに注目されるのは、前掲百年史に石版のことが出ていることでございます。これはあなたもあのときにおふれになりましたが、いま、その記述の箇所を見ますと、「もともと（紙幣）寮の石版部門は初め銅版転写をもって偽造品を作製し、彫刻、製肉（印刷インキ）および印刷者の敵手となって相互に専攻し合い、防贋方法を研究するために設けられた」とあります。

けれども納税の現金から発見されたと称する二円贋造紙幣が石版印刷でないことは、あなたが贋札のカラー写真を見られて鋭くご指摘になったとおりでございます。お言葉のように、石版印刷は画のすべてが鮮明に出て、贋札に見る線のカスレはなく、むしろ線が肉太目《にくぶと》に出ます。

そこで考えられるのは、紙幣寮で防贋研究のために石版印刷を利用したのであるなら、さらに偽造品用の銅版を彫刻して二円のゲルマン紙幣を造り、これをもって紙幣寮員に真贋の鑑定の眼を肥えさせる材料にしたのではなかろうかという推測でございます。

そのばあいは、ナウマン会社よりとりよせた原版の彩紋を、別な銅版に「転写」すればよいのですから、機械彫りと同じ効果となります。銅版の凹版から凸版に、あるいはその逆にという方法は、前掲百年史の第三章で「エルヘート版を電胎法により逆版化して凹凸を逆にする」技法説明のところに出ております。この逆版化のくりかえしもまた可能なのでございます。

このようにすれば、偽造用の銅版に機械彫りの彩紋が彫れます。彩紋は、表側の淡青色の地の紋様と、主体となる藍色の幾何学的紋様の二種類の版になります。つまり二度刷りでございます。あとは手彫りの部分ですが、そこは最初防蝕剤によって空白にしてありますから、彩紋を右の逆版方法で刻したのち、防蝕剤をいちど洗い流し、あらためてまた全体に防蝕剤を塗布し、こんどは彫刻針を使って菊花紋章、鳳凰、双竜などの主体紋様を彫ります。これで藍色版ができ上がります。

次には「明治通宝」の赤版を手彫りします。次には「納頭」の割印の下半分を手彫りします。これで二円札の表側四色刷りの四版が完成します。

裏側の淡茶色の地紋様は別として、茶色刷はみんな模刻のようです。真券の幾何学的紋様によく似せてはありますが、いささか粗うございます。この部分まで原版の彩紋を逆版転写すると、裏側だけを見たとき、真贋の鑑別が容易でなくなるからでしょう。手彫りの「大日本帝國政府大藏卿」円章の赤版、同じく「記録頭」割印下半分の藍版、同じく「い・ろ・は」符号と一連番号の濃紺版という五度刷りの版が完成します。

そこで申しあげたいのは、手彫りの部分がわざと粗くしてあることです。これが真贋鑑別の要点だったと思います。菊花紋章、鳳凰、双竜もそうですし、大蔵卿円章の中にある唐草模様の粗さ、両脇の菊花のふちどりがうすいこと、割印の文字の不整など、そうだと思います。印刷インキの褪色もそうでしょう。そういうのを何もかもいっしょにしていては、真贋の鑑別が、それこそ顕微鏡にでもかけなければ、たいへん困難になります。肉眼で見て真贋を弁別する、これが練習の要点だったと思います。

はじめ贋札の印刷専用だった石版が、すぐに美術作品の印刷に移って行ったのも、贋札印刷を銅版に譲ったからではないでしょうか。

銅版にも印刷にもうといわたくしのことですから、部分的な間違いはあるかもしれませんけれど、ぜんたいからいって大きな誤りはないと考えております。

ここまで書きますと、わたくしが何を言おうとしているか、お察しのことと思います。そうです、二円贋札は、紙幣寮で贋札防止のために真贋を互いに専攻し合ったその偽造品用の銅版で印刷された約二千枚が、租税現金の中に埋めこまれたものと推量いたします。

このように推測すれば、前記①②④⑤の疑問はことごとく解決するように思われます。ことに出納局長がこの贋札の「発見」を川路大警視に「通報した」のは、たいへん興味深いことであります。したがいまして③の井上馨に贋札注文の疑いをかけられた経緯のご類推は、同公爵の伝記からヒントを取られて、感歎のほかはございませんが、残念ながらわたくしにはにわかにご同意しかねるところでございます。

贋札が他県納入の租税金の中から「発見」されても、その贋札が神奈川県より流入したと当局が言っている点など、犯人を神奈川県愛甲郡中津村（旧熊坂村）の熊坂長庵に結びつける意図が露骨に見えすいているようでございます。

　わたくしは、以上のように主として贋札そのものの実体だけに絞って推測しました。薩長閥暗闘の具にこの贋札が利用されたことはあなたや伊田氏のお説のとおりだと存じますが、その方面はわたくしの領分でないようでございます。

　最後につけ加えますと、わたくしの近い縁戚の四代前にあたる婦人が、あのときお話に出た明治七年に紙幣寮の女工を監督する「目附」になった宮尾梅子でございます。すなわち前年の六年に福岡県の農民一揆にまきこまれて殉職した紙幣寮少属宮尾矯の未亡人でございます。わたくしも「得能良介君伝」を読んでおりましたので、行刑資料館でのあなたのお話をなつかしくうかがったことでございます。

　誤解のないように申上げたいのは、わたくしの以上の「推理」はわたくしだけの、それこそ空想の所産でございまして、宮尾梅子が話したことでもなければ、その子孫が言ったのでもないことでございます。ただ、縁戚の者は、梅子がおりにふれて得能紙幣頭（のち局長）の親切を感謝していたという伝え話は云っておりました。得能紙幣局長が明治十二、三年ごろの贋札事件に関係したかどうか、もとより分りようもございません。

　このような長いお手紙をさしあげましたのも、樺戸行刑資料館での半日が忘れかねるからでございます。ご壮健とご健筆をお祈りいたします。

神岡麻子

解　説

白井佳夫

松本清張は、日本の小説家として、異色の存在といっていいであろう。例えば日本の文壇に伝統的にある、自然主義文学の系譜というものに、属さぬ人である。また私小説作家の系譜というものからも外れた、きわめて特異な人である。それならば、あの松本清張独特の文体。そしてあの他に類例を見ない、人間やそれが属する社会、その背景にある風土といったものに対する描写力。あるいは人間というものがひき起す事件を、じっと見すえる叙述力といったものは、いったいどこから生み出されたものなのであろうか？

映画評論家である私の仮説は、それは映画なのではなかろうか、というものなのである。松本清張の小説がもつ一種独特な、ちょっと日本離れのした、といってもいいような、具体的で映像的な対象に対する描写力。あるいは、それを武器として使って、スケールの大きなテーマを構築していく強靭な発想力といったものは、きわめて映画的とも考えられるものだからである。

周知のように彼は、高等小学校卒業後、会社の給仕となり、印刷屋の版下工となり、やがて苦学の末に朝日新聞西部本社の広告部嘱託となって、四〇歳で小説を発表しはじめた、という人だ。その長い下積みの時代、もっぱら「本を読んで、映画館に出かけ、小説を書いていました」という、当時を知る人の証言がある。

日本文学の伝統的な系譜というものに飽きたらず、それとは発想を異にする小説を書こうとしていた彼にとって、日々の生活のうっ屈をはらし、物を見る新しい眼を養う元となったものは、恐らくその間におびただしくたくさん見たであろう映画というものではなかったのだろうか、と私は思うのである。

例えば小説「疑惑」は、まるでセミ・ドキュメンタリー映画風、とでも形容したいような、ある地方都市の秋の情景の中に、二人の主要人物を置いて、それを映像的に見つめていく描写で始まる作品である。セミ・ドキュメンタリー映画とは、第二次大戦中のアメリカで始まった、実際にあった事件を、その場所にロケして撮影するという、半分記録映画のような、劇映画の作りかた、のことである。俳優陣も、リアリティのある地味な性格俳優たちや、素人の人たちなどが、使われた。実例をあげれば「出獄」(一九四八)「裸の町」(一九四八)といったような、新しいリアリズム手法をふんだハリウッド映画である。

そしてセミ・ドキュメンタリー映画は、ナラタージュという話法を使って、ドラマを進行させていくのが、常道であった。ナレーション（画面の外からつけられる解説の声）によって、一つの事件とか、それにかかわる人間たちの関係とかを、画面から客観的に浮びあがらせ、観客を誘導していく、というやりかたである。

新聞記者と弁護士という、二人の主要人物の対話の中から、この小説のいわばヒロインである、「鬼塚球磨子《おにづかくまこ》」という特異な女性の存在と、彼女が起したという「疑惑」がもたれている事件の全体像が、じょじょに客観的に浮びあがってくる、という構成がそれに似ている、といっていいであろう。いわば「間接話法」によって、「直接話法」以上にリアルに、しかも要点をしぼって実に適確に客観的に、「人間」と「事件」が、読者の脳裏に植えつけられていくのである。

他の主要人物たちが、何人も登場してきても、このやりかたは基本的に変らない。むしろ映画のように「映像」を使ってそれをやるのではなくて、「文字」を使った達意の文章によって、自由自在にそれをおこなっていく小説のほうが、読者の想像力をかきたてる方法としてはより面白い、といってもいいかもしれない。まさに松本清張作品の、独壇場とでもいうべき小説作りである。

そしてこの小説のラストは、まるでセミ・ドキュメンタリー形式で作られた、ハードボイルド犯罪映画のラストシーンのような、大胆不敵な、予感的なスリルの盛りあげかたで、プツンと終る。こういう、かなりケレンに富んだ大技を、小説であえて使うというやりかたも、清張の小説ならではの離れ業、といっていいであろう。

小説「疑惑」は、一九八二（昭和五七）年に、松竹＝霧プロの提携によって、映画化されている。製作・監督は野村芳太郎、撮影は川又昂という、「ゼロの焦点」「影の車」「砂の器」「鬼畜」「わるいやつら」などの、松本清張原作の映画化をやってきたコンビによるものだ。そして原作・脚本が何と、松本清張自身である。桃井かおりと岩下志麻という、個性的な女性スター二人を主役に、原作小説が意表をついたやりかたで映画化されている楽しい作品なので、機会があったらぜひ、見ていただきたい。

つづく小説「不運な名前――藤田組贋札事件」も、セミ・ドキュメンタリー映画のような情景描写と、より強固な間接話法的な構成がとられた、作品である。一人の男が、札幌を出発して岩見沢にやってきて、タクシーに乗って月形という町に行く。そして旧樺戸《かばと》集治監である、町営の「樺戸行刑資料館」という施設を見学する。

その間の、男とタクシー運転手の会話。男が友人に前もって送ってもらっていた、パンフレットの解説文。資料館の淋しい展示室の情景と、そこに流れるテープ録音された女性の解説の声。展示物が物語る、この元監獄の歴史。そういったものが、巧みな取捨選択によって、読者の脳裏に文章によって提示されていって、いつしかわれわれは、遠い昔の明治の歴史の中に誘導され、それを直接話法で示された以上に生き生きと、再現的に体験していくことになるのである。

その展示室に、もう一人、女性がつつましやかに入ってくる、という設定も面白いし、さらにもう一人の男が、傍若無人に乱入してくる、という設定も、さらに面白い。展示室にある関係文書や、その昔に囚徒たちが作った作品、あるいはかかげてある「観音図」、などから「熊坂長庵《くまさかちようあん》」という名前の人物がクローズ・アップされていき、やがて「藤田組贋札事件」なるものが浮上してくる、といったプロセスも、なかなか息をのませる。

傍若無人に乱入してきた人物と、主人公格の男との対話を中心に、さまざまな歴史資料が引用されていき、当局による「藤田組汚職事件」の摘発失敗が、一市井人の「熊坂長庵」に罪をきせることで決着させられていく、薩長閥暗闘がからむ「政治裁判」の経過も、いかにも明治という時代にあり得そうな、松本清張の小説らしい具体的な展開である。小説の最後が、つつましやかな存在だったもう一人の女性の、手紙によってしめくくられる、という結末も、意表をついたラストだ。

「疑惑」と「不運な名前」が、ともに「恐い名前をもった人物の不運」を描く小説という、共通項でくくられるあたりも、ニヤリとさせられる面白い趣向である。

映画が大好きだった松本清張は、一九七八（昭和五三）年に霧プロを設立し、映画の製作に主体的にかかわり、自分の小説の映画化はここを通して一元化しておこなう、というシステムを作りあげる。ちょうどその頃、川又昂カメラマンに松本清張がこう聞いた、という、とても興味深い話がある。

「川又さん、おれにも映画監督が、できるかな?」と。それに対して川又は、こう答えたという。「できますとも。カメラは私が回しますし、助監督として野村芳太郎さんがつきますから。そして私たちスタッフ全員が、支えます。絶対だいじょうぶですよ」と。

それに対して松本清張は、安心したように、ちょっと照れた笑顔を見せたそうである。

ことによると松本清張には、いつか自分自身の手で、自分の原作から一本の映画を作り出してみたい、という思いがあったのではなかろうか、と私は思っている。


（映画評論家）

＊本作品には今日からすると差別的表現ないしは差別的表現ととられかねない箇所があります。しかし、お読みいただければわかるように、作者は差別に対して強い憤りを持ち、それが創作の原動力にもなっています。その時代の抱えた問題を理解するためにも、こうした表現は安易に変えることはできないと考えます。また、作者は故人でもあります。読者諸賢が本作品を注意深い態度でお読み下さるよう、お願いする次第です。
また、文中の役職、組織名、地名、法律その他の表記は、執筆当時のものとなっています。

文春文庫編集部

初出　オール讀物
「疑惑」（原題＝昇る足音）　一九八二年二月号
「不運な名前」　一九八一年二月号

単行本　一九八二年三月文藝春秋刊

この本は、一九八五年三月に刊行された文庫の新装版です。
DTP制作　ジェイ　エスキューブ

文春文庫

疑《ぎ》惑《わく》

定価はカバーに
表示してあります

2013年9月10日　新装版第1刷
2020年7月15日　第4刷

著　者　松《まつ》本《もと》清張《せいちょう》
発行者　花田朋子
発行所　株式会社　文藝春秋

東京都千代田区紀尾井町3-23　〒102-8008
TEL　03・3265・1211㈹
文藝春秋ホームページ　http://www.bunshun.co.jp

落丁、乱丁本は、お手数ですが小社製作部宛お送り下さい。送料小社負担でお取替致します。

印刷製本・凸版印刷
Printed in Japan
ISBN978-4-16-769734-1

（　）内は解説者。品切の節はご容赦下さい。

松本清張
風の視線　（上下）
津軽の砂の村、十三潟の荒涼たる風景は都会にうごめく人間の心を映していた。愛のない結婚から愛のある結びつきへ。〝美しき囚人〟亜矢子をめぐる男女の憂愁のロマン。（権田萬治）
ま-1-17

松本清張
無宿人別帳
罪を犯し、人別帳から除外された無宿者。自由を渇望する男達の逃亡と復讐を鮮やかに描いた連作時代短篇。「町の島帰り」「海嘯《つなみ》」「おのれの顔」「逃亡」「左の腕」他、全十篇収録。（中島　誠）
ま-1-83

松本清張
神々の乱心　（上下）
昭和八年、「月辰会研究所」から出てきた女官が自殺した。不審の念を強める特高係長と、遺品の謎を追う華族の次男坊。やがて遊水池から、二つの死体が……。渾身の未完の大作千七百枚。

ま-1-85

松本清張
かげろう絵図　（上下）
徳川家斉の寵愛を受けるお美代の方と背後の黒幕、石翁。腐敗する大奥・奸臣に立ち向かう脇坂淡路守。密偵、誘拐、殺人……。両者の罠のかけ合いを推理手法で描く時代長篇。（島内景二）
ま-1-92

松本清張
宮部みゆき　責任編集
松本清張傑作短篇コレクション　（全三冊）
松本清張の大ファンを自認する宮部みゆきが、清張の傑作短篇を腕によりをかけてセレクション。究極の清張ワールドを堪能できる決定版。「地方紙を買う女」など全二十六作品を掲載。

ま-1-94

松本清張
日本の黒い霧　（上下）
占領下の日本で次々に起きた怪事件。権力による圧迫で真相は封印されたが、その裏には米国・ＧＨＱによる恐るべき謀略があった。一大論議を呼んだ衝撃のノンフィクション。（半藤一利）
ま-1-97

松本清張
昭和史発掘　全九巻
厖大な未発表資料と綿密な取材で、昭和の日本を揺るがした諸事件の真相を明らかにした記念碑的作品。「芥川龍之介の死」「五・一五事件」「天皇機関説」から、「二・二六事件」の全貌まで。

ま-1-99

松本清張
虚線の下絵
名声を得た友人と対照的に肖像画家として生計をたてる男。会社の重役相手に注文取りに奔走する妻。妻の色香に疑念を抱いた夫は……。男女の業を炙り出す短篇集。（岩井志麻子）
ま-1-108

松本清張
事故
別冊黒い画集(1)
村の断崖で発見された血まみれの死体。五日前の東京のトラック事故。事件と事故をつなぐものは？　併録の「熱い空気」はTVドラマ「家政婦は見た！」第一回の原作。（酒井順子）
ま-1-109

松本清張
陸行水行
別冊黒い画集(2)
あの男の正体が分らなくなりました――。古代史のロマンと推理の面白さが結晶した名作「陸行水行」。清張古代史の原点である。他に「形」「寝敷き」「断線」全四篇を収録。（郷原　宏）
ま-1-110

松本清張
危険な斜面
男というものは絶えず急な斜面に立っている。爪を立てて上に登っていくか、下に転落するかだ――。「危険な斜面」「二階」「巻頭句の女」「失敗」「拐帯行」「投影」収録。（永瀬隼介）
ま-1-111

松本清張
私説・日本合戦譚
菊池寛の『日本合戦譚』のファンだった松本清張が、「長篠合戦」「川中島の戦」「関ヶ原の戦」「西南戦争」など、戦国から明治まで天下分け目の九つの合戦を幅広い資料で描く。（小和田哲男）
ま-1-112

松本清張
風間　完　画
点と線
長篇ミステリー傑作選
〈東京駅ホームの空白の四分間〉が謎を呼ぶ鉄道ミステリの金字塔を、風間完のカラー挿絵を多数入れた決定版で刊行。清張生誕百年を記念する長篇ミステリー傑作選第一弾。（有栖川有栖）
ま-1-113

松本清張
絢爛たる流離
長篇ミステリー傑作選
3カラットのダイヤの指輪は戦前から戦後、次々と持ち主を変えながら事件を起こす。激動の昭和史を背景に、ダイヤの流離の裏にひそむ人間の不幸を描く12の連作推理小説集。（佐野　洋）
ま-1-116